黄维德

寻找
心里的
那个少年

黄维德　著

作家出版社

目录
Contents

Part 1

一个关于寻找的决定

从哪里开始，

也将在哪里结束。

想想昨日的故事，

回忆遥远的往昔。

关于此刻和未来，

我必须重新开始。

那一刻，

我怦然心动，

却又怅然若失……

我们常常会因为忙碌而不知不觉丢失很多东西，比如曾经亲密无间的『老朋友』。

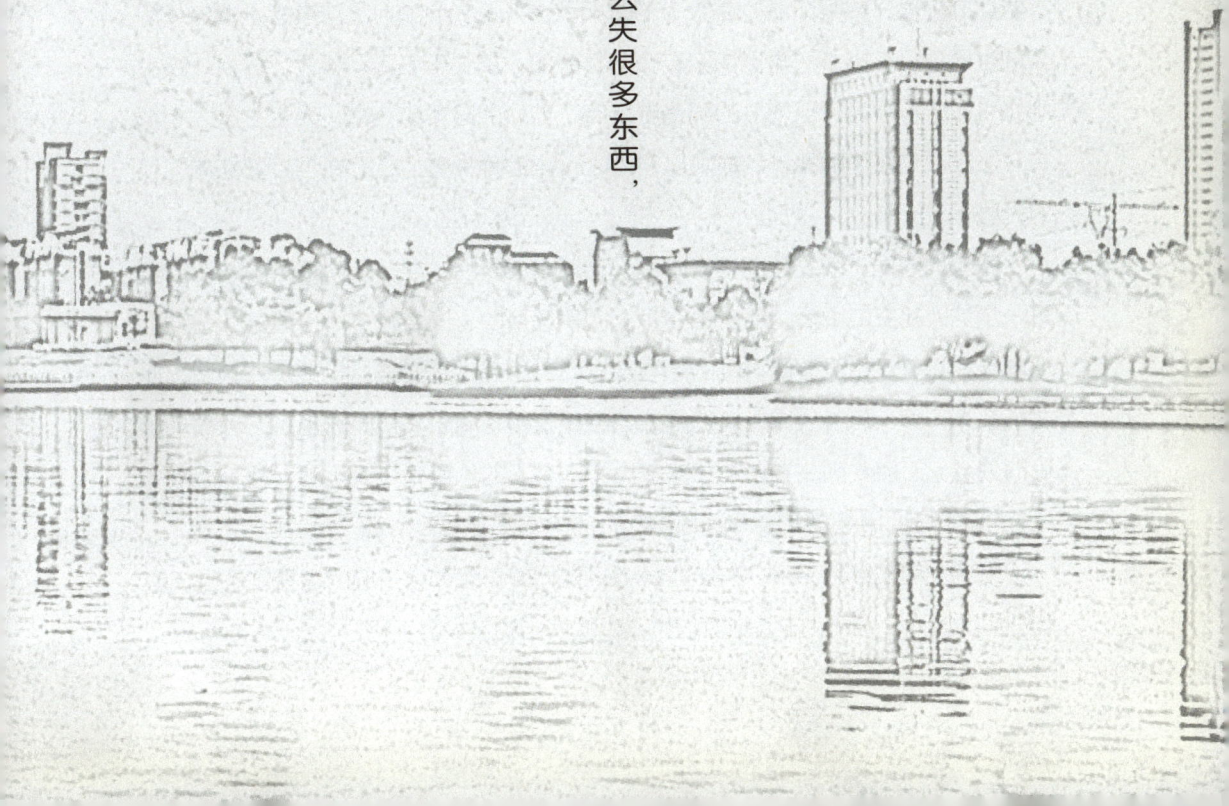

失散的朋友

北京故宫里，有一个日晷。石盘滚圆，铜针笔直。日光将铜针的影像投射在石盘上，转过子、丑、寅、卯、辰、巳、午、未、申、酉、戌、亥，这就是一天的长度。

从三千多年前的周朝起，日晷就已经发明了，从此它便周而复始地数着时光。而对于整条生命之河来说，这仅仅是时光被度量后的一小段历史，它的起点在哪里？遥远得不可探寻。

相对于时光的浩渺，人生命的长度，仅有短短数十年，简直渺小得如同太阳下飘浮的尘埃，转眼即逝。在有限的时光里，无论我们如何跋涉摸索，能够了解到的世界也只有小小一角。切实存在于身旁的，莫过于家人、事业、故乡，还有那些生命中被称为"朋友"的同路者。有了他们的陪伴和分享，人生之旅才变得有意义。我们经历的挫折、成功以及为之付出的种种努力，才在洪荒苍茫的无垠时光里有了价值。

童年的时候，朋友从同学当中结识；逐渐成长后，朋友从同事当中结识；再进一步扩大社交范围后，朋友也许是一次偶遇后的志同道合……不管是哪一种，朋友都意味着互相对彼此人生的参与及认同。也许是在逆境，也许是在顺境。朋友与亲人不同，后者依靠血缘的维系，纵使亲密无间，其初始时也是一种被动接受的关系。而朋友则是主动选择的结果，一个人的价值观、人生观、教育水平、缘分际遇，都如沙漏筛选着与他擦肩而过的千千万万个陌生人。

当朋友们最终留下来，陪伴在身旁，他们便是犹如金子般的存在。不过，有句悲伤的话说，朋友，走着走着遇见了，走着走着又失散了。

回首想想，学校里一起受罚的同学死党好久没有音讯了，初入社会共同打拼的兄弟姐妹各奔前程去了。除了被血缘紧紧拢在一起的亲人，身旁的朋友们大多抵挡不住时光洪流的冲刷，能剩下的寥寥无几。时间、空间像两条大河，隔开了曾经亲密的关系。渐渐地，联系少了，话题少了，除了嘘寒问暖实在不知道该讲些什么。

再后来，新的生活环境带来新的人群，结成新的朋友，老的朋友们就愈加面目模糊了，好像已经随着那些不能再倒流的时光永远尘封在记忆里。

总会悄悄埋怨时间是个小偷，一眨眼就偷走了很多岁月，也偷走了身边的很多朋友。李安导演的《少年派的奇幻漂流》里有一句台词：还没来得及好好告别，就已经分离不见了。

我也有一个非常重要的朋友，在人海里走散了，阔别多年。依稀记得我们曾经约过，无论天涯遥远，每隔一年都要见上一面。但当再次念及这件事的时候，已是将近二十年后的一个清晨。

那天，我醒得特别早。洗漱完毕，打量镜子里的自己，只要不在工作状态，总习惯性地不舍得剃掉胡茬，觉得感受它们不断生长着，是身体对时间的一种记录。就在此时，我忽然听见一个熟悉的声音在调侃："干吗留胡子，扮大叔很酷吗？"

我一怔，惊觉自己灵魂中的某个角落被触动了。那里安放的是一个时间魔盒，久不顾及，早已积满了尘埃。熟悉的声音像一把钥匙，倏然打开了上锁的盒盖，回忆瞬间从里面喷涌而出，绵绵不断。

想起初夏的午后，那个年轻的男生穿了一件白色背心，露出健美的手臂，蓄了几天胡子，故作深沉地靠在墙角点燃一支烟。他绷着脸，努力学习着成熟男人的深沉表情。有只小猫沿着墙根溜溜地跑来，黑白黄三色，奶声奶气咪呜叫唤，并伸出爪子挠他的脚背。男生一低头，瞬间破功，掐灭了烟头去抱猫，满脸都是疼爱和好奇。

"干吗留胡子，扮大叔很酷吗？"曾经，这一句是我的对白。

几天后再见到他，男生把自己收拾干净了，嘴角带着兴奋的笑，牙齿白得和头顶的太阳一起闪闪发光。"告诉你一个好消息！我要开始为梦想打拼了，从此得注意点形象啦！而且以后也许会很忙，我们可能没有很多时间见面喽……"

/ 台北街景 /

他从小爱好音乐，刚进入学校时就开始唱歌、弹吉他、组乐团，和我告别的时候，橄榄枝喜从天降，台湾BMG唱片公司相中了他，并与他签了约，各种工作一下子塞满了他的时间。那可是赫赫有名的唱片公司，多么重要的一次决定命运的机会，男生的兴奋与激动藏也藏不住地从全身上下每个毛孔里往外蹦。

"不过，想见的时候随时可以约啦！"他用力地挥着手和我告别。

"是啊，未来的大明星，就算再忙，每隔一年都要见上一面哦！"我还记得目送他背着吉他离开的背影，阳光沿着他的身形画上一道金边，闪耀着梦想的颜色。

这些往事清晰得好像就发生在昨天，被时间一晒，蒸发得无影无踪。

我凑近水管洗脸，很凉……这个朋友，现在去哪里了？还是那样大步地走在阳光底下吗？拉开窗帘，清晨的曙光扑进怀抱，比水管里的水温暖多了。连续几天几夜不停赶工，仅有数小时睡眠的倦怠，在它的抚摸里慢慢消融。

没错，我是个工作狂。总认为自己正当年，可以一直开足马力去拼。不分日夜，不顾其他。自我审视，这也是我丢失了朋友的一大原因。世界上最公平的东西是时间，对每个人都一样。要是你把它们大部分投注到工作上，自然就无法很好地兼顾到其他方面。

这一次，真是觉得有些累了。累到终于可以躺在床上睡觉，却不安地失眠，一大早就醒了。不知道我的朋友现在是醒着还是睡着？按照他一贯夜猫子的作息规律，应该很少能欣赏到日出吧？望一眼东边，阳光已经开始变得耀眼，不得不用指缝过滤一下。

这种直接的风格，很像他的脾气，永远不懂得转弯。我曾经为此教育过他，他虚心接受，过后却依然故我。现在想起来有点好笑。其实人家应该根本就不想改变吧。有些时候，或许并非不懂得转弯，而是不想转弯。

被生活教育了四十年后，我学会了接纳不同人的各种各样的生活态度。好的，坏的，正常的，奇怪的，其实哪种更合适，只有自己明白。毕竟，走在时光道路上的人是自己，喜怒哀乐、酸甜苦辣都必须自己去品尝，谁也替代不了。我们所能做的，就是互相鼓励和扶持。

忽然间，狠狠地想念。我知道自己身体里，除了累，还有孤独。前者可以用休息来调整，后者该如何治愈？真想马上找到他，坐下来喝杯咖啡，促膝长谈，

聊聊彼此的现在。他是最懂我的人，最聊得来的人，怎么就会渐行渐远地走散了呢？而且，居然没有联系地址，没有联系电话，没有任何联系方式……

我简直不敢相信，我们之间的连接竟然可以断裂得这么彻底！不行！我要找到他！这样的朋友是不容许被丢失的，没有了他，不仅是一辈子的遗憾，更是一辈子的缺失。但是，我该怎样才能找到他呢，要跑遍天涯海角吗？

我懊恼地捂着头，摸出一支烟。烟气氤氲里，有一段久远的对话飘了出来。

"你的属性是鱼还是鸟？"

"我要在天上飞，当然不是鱼。"

"可你的家乡在台湾，那里四面都是海。"

"正因为都是海，才更要努力长出一对翅膀啊！"

他要做一只展翅飞翔的鸟，海阔天空，自由飞翔。这一点和我一样，应该和很多男人都一样。只不过，有些人只是想想，有些人真的去实践。他属于后者，我深信不疑。

想到此处，我的内心陡然浮现一束光亮，日晷上的针指向我要去寻找的方向。那里是他的故乡，高山大海，天广地阔。我相信，在能让身心自由翱翔的地方，一定能找到他。于是，我飞快地翻查自己的工作安排，随后迅速做了一个关于寻找的决定，环岛台湾。

做一个骑士

想要寻找朋友的心情太急切，竟然差点儿忘记介绍一下自己。

和许多人一样，讲别人时头头是道，轮到自己却不知从何说起。是该说说出生年月、籍贯、家乡，还是年龄、身高、属相、学历……每个人来到世间，身上都会有很多个标签，立场不同环境不同，需要用到的标签就不同。既然给我自由选择的权利，那我就挑自己觉得最重要的那一个来说吧。

我是一个演员，影视剧演员，眼下已经到了不惑之年。出道十几年来，大多数时间一直在拍戏，走过许多地方，演过许多故事。很多人可能会羡慕这个职业，觉得它非常梦幻，非常特殊，认为演员的生活比普通行业丰富很多，仿佛人家活一辈子我们可以活好几辈子。

现在，我可以说实话吗？长年活在各种不同角色里，一遍遍轮回演绎数倍于现实的喜怒哀乐，那些故事的确跌宕起伏、精彩曲折，但那些人生却都不是我自己的。故事里的笑与泪永远只属于角色，而演员在努力复活角色的同时，常常会游离于现实生活的正常节奏之外，背井离乡、夜以继日地拍摄，有时反而会找不到自己。

许多年来，每当一部戏杀青，卸妆后回到现实里，依旧会疑惑自己身在何方。在剧组里待得太久，几乎要与世隔绝。社会上流行什么东西，我不知道；城市里发生了什么变化，我也不知道。在影视剧里我无所不知，到了现实生活中几乎一无所知。我本身就是一个矛盾混合体，需要不停寻找让自己妥协的方式。演员的职业特殊性，使这种状态在我身上更趋于极致。

当身心太过劳累的时候，我的脾气就会变得比较暴躁。我不是和谁在生气，而是和自己生气。相信很多人也会遇见类似的困扰，虽然我们会去努力找寻协调两者的方式，但随着时间累积，矛盾的两面互相较劲，真的让人疲惫不堪。适度控制好自己的心态和情绪，是一门学问，需要很长时间乃至一辈子去学习。

反而有些时候，一个忽然而至的事件或许倒能够帮助到你。比如，当我心中冒出想见那位老朋友的念头时，就像有根针一下子扎在鼓鼓的气球上，立刻给所有情绪找到一个宣泄出口。那些积蓄在胸口的河川瀑布、惊涛骇浪顷刻间化作一片平静的大海。和多年前望见朝日初升时一模一样，缓缓地，在深蓝色盘里调出迷人的浅黄。生活的节奏和人们的心情，都在海天之间缓缓地变得柔和起来。

我想象着，如果真能找到他，他会对我说什么，又会问些什么呢？

"你对现在的生活满意吗？跨入不惑之年，实现了人生的梦想吗？"设想了好多次，这个问题应该是最有可能被提出来的。因为，这也是我最想问他的问题。思来想去，我笑了起来。既然这样，不如先问问自己。人生的道路眼看走过一半了，是时候让自己的思绪平静下来，真正地面对现实生活，认真与自己对话一次了。

比起很多人来说，我算幸运的了，演员的职业让我衣食无忧并能负担起整个家庭。比起同行来说，我也算幸运的，接戏不久就获得出演主角的机会。对命运安排的一切，我不敢以"满意或是不满意"来评定，而是非常感恩。首先，它能使我安身立命、衣食无忧，另外还有一个重要原因，这是我内心非常喜欢的一份职业。所以，即使辛苦，也"痛并快乐着"。

但有些人就不太幸运了，长年从事的工作并非他所喜欢的，仅是为了生活需求不得已而为之。虽然他们之中的很多人并不讨厌自己的工作，但从来就没有激起过热情。那样的状态下，更容易让人产生疲惫和厌倦。

如果你财务自由不需要干现在的工作了，你想干什么？这个问题的答案有千百种。归纳起来，大约有这么几大类。一种是享乐派，与亲朋好友一起环游世界；一种是休闲派，开个花店悠闲居家；一种是激情派，自己创业当老板……而我呢？我都想尝试！但是眼前，即使矛盾、纠结、承担压力，我仍愿意继续演员这个职业，因为我对它仍有梦想与激情。当然，现在的我也会适度调整它在生命里占据的比例，留出更多时间给自己的生活。然后，去实现一个深藏多年的小心愿。

年满四十岁的时候，我给自己买了一辆哈雷重型机车，当作一份特别意义的

"成人礼"。这里的"成人"，指"成熟的人"。迈入不惑之年，事业平稳，生活安定，真正开始抵达成熟的人生阶段。我能清楚地知道自己拥有什么，需要什么。或者说，我不再被动地被命运驱使，而已经能主动地去驾驭自己的人生了。为此，我决定奖赏自己完成一个心愿，去做一件事业之外最想做的事。那就是我童年以来最大的梦想，当一名骑士，驾着哈雷在天地间自由驰骋。

有一部法国老电影《屋顶上的轻骑兵》，曾给我留下很深的印象。影片描述了十九世纪中叶欧洲大革命风暴来临前夕，英勇的骑兵上校安杰洛一路护送在半途萍水相逢的女子宝林娜穿越重重困阻寻找丈夫的故事。在那个霍乱横行、战乱动荡的年代，谁也不知道前路该往何处，太阳的光芒都已经被绝望掩盖。年轻的骑兵对此毫不畏惧，他不放弃的姿态裹挟着巨大力量一往直前，将所有阴霾击溃，最后抵达希望的彼岸。

/ 窗外 /

我很崇敬这种精神，"忠诚、果敢、正义"，这是骑士的象征，是血脉里流淌着的属于男人的一种责任。也因为这个原因，我对拥有骑士精神的哈雷摩托情有独钟。

在现实生活中，哈雷更是刚毅、豪迈的代表。第二次世界大战结束时，盟军第一个进入德国领土的士兵就骑着一辆哈雷，它用轰鸣的马达与滚滚车轮宣告着一场"勇气与坚持"最终艰难获胜的光荣时刻。历经战争与时代洗礼的哈雷因此具有了独特的生命印记，它的钢铁身躯上承载着军人般的铮铮硬骨和永不言败。

每当骑上我的哈雷机车，我总能感受到自己与这种精神正在建立起某种关联。踩下油门，飞驰出去，猎猎风声在耳畔不断提示：这是一次出发，这是一次决定，这是一次独一无二的征程。这种感觉与我每次拍戏挑战新的角色非常相似，但它伴随着释放的快感，所有感官反馈都来得更真实、更强烈。

我非常清楚地知道，骑上哈雷的每一分每一秒都是属于我自己的，这是作为真实存在的我与世界沟通最美妙的方式。

做一个骑士，是一团一直燃烧在心底的不灭的火焰。当我决定去寻找老朋友的时刻，它再次剧烈地燃烧起来。我感觉身体的每个细胞被一一唤醒，猛烈又爽快。而要抵达的地方——台湾，恰恰又与骑士有着亲密的缘分，它是世界上人均拥有机车数量最多的地方，甚至更是世界上机车平均速度最快的地方。

一个骑士的故乡，必定适合我和我的哈雷，不用再犹豫了。我仿佛能感觉到有种力量在召唤我，是他，一定是他，我失散了二十年的朋友，正在某个地方等着我前去赴约。

我知道，他也爱骑行，他也爱哈雷。除了音乐之外，他四处闯荡游历，每个抵达的地方都是他的坐标。"要走遍天下，才能安放一颗不羁的心！"他的青春誓言里好像有过这样一句。男生个子高，走路也是大步流星，一般人恨不能小跑才能跟上他。要是能与他同路而行，想必是非常痛快的！

久别重聚，再回到最初单纯的时候，我们还是互相认识的彼此吗？心中未免忐忑，更多的是强烈的思念。一切疑问，都让路途来回答吧！

寻人之旅，准备出发！

重要的旅伴

筹备出行的日子，每一天都阳光灿烂，仿佛在推着我履行决定，不容拖延症有作祟的机会。

2015年初冬，新戏杀青后不到一周，我推掉后续工作，最终敲定了行程。

从台北出发，经南澳、花莲、台东、台南、垦丁、高雄、台中，最后再返回台北，沿着海岸顺时针绕行一圈。环岛路线是我邀请骑行经验十分丰富的大川兄共同制定的，他近年来一直策划着要与四川的车友一起沿着川藏线骑行去拉萨。所以，环骑台湾对于他来说，是比较轻松的事情。

然而，平素没有很多时间骑行的我，依然十分紧张。讨论行程的时候，我不停提问，希望能把路线走得更细致一些。我不怕多跑路，也不怕路难走，就怕不小心遗忘了什么地方，让自己未能尽力。大川兄经过几次调整后，在台湾地图上画出路线，仔细标注好每个途经及落脚的位置，确保满足我的各种大小要求。

感谢他的细致耐心、不厌其烦，而我真的是出于对这次环岛的渴望和向往，还望仁兄千万谅解。

路线定下来后，就要开始调试我的座驾了。哈雷自从被买回来之后，多数时间都在车库里休息。因为我常年在外拍戏，实在没空定期带它出来"遛遛"。这一回，终于到了它大展拳脚的时候了。阳光灿烂的午后，我把沉睡在车库良久的哈雷驾驶到户外，握起粗水管替它清洗。高压水柱有节奏地喷射到哈雷身上，启程前情绪高涨的我突然很有和它对话的冲动。"嗨，兄弟，我们要出发了！你准备好了吗？"清洁剂堆起了雪白色泡沫，哈雷的银色车身晃眼地闪耀起来。它回答我的方式挺幽默，水管方向稍有偏动，冷不防回溅了我一身。好像它在说："这还用问吗？我都快闲得长绿毛了！总算等到松松筋骨的机会了，太棒了！"这位老兄，永远要这么耍酷吗？我擦着脸上的水渍，忍不住自嗨起来。

记得刚把这个数百斤重的大家伙带回家的时候，脑袋里充斥着品牌商灌输的精神口号："每个男人都要拥有一辆哈雷，每辆哈雷都是独一无二的。"听上去，它就是男人的时尚标配，甚至还透着些文艺范儿。可是，真正面对它的时候，却发现，这家伙才不文艺呢，它分明就是一头怪兽，或者说是一匹烈马，而且体格壮硕、脾气古怪。我还是从小骑过摩托车的人，初试哈雷的时候都非常不适应。由于车身重量大，惯性也大，操纵性就变得困难一些。每一次加速、减速、拐弯，这家伙都不肯乖乖听话，总想着给你点颜色，甚至狠狠地把你甩下

/ 哈雷机车 /

来。我必须打起十二分精神，才对付得了它。

最初的时候，我常常只行驶了很短时间，全身肌肉就因为过度紧张而变得僵硬。这种时候，别抱怨、别泄气，遇到的所有困难都是因为你还没有学会如何与它相处。更重要的一点是，别畏惧、别退缩。"无知者无畏"，开始时因为不知道而不害怕，当领教到不易后更不能害怕。否则，极有可能被这种恐惧慌张反过来吞噬掉最初的热情和信心。

万事开头难。出发环岛前，我用练习骑行哈雷的经验来鼓励自己。先克服恐惧，再重新起步。其中一个重要的诀窍就是，敞开心扉接纳哈雷，使它成为自己生活的一部分，而绝不只是"驾驭"。这与对待爱人、孩子、朋友的感觉都不同，你要把它当成另一个自己来看待。换一个方式形容，骑上它，聆听马达的轰鸣与自己的呼吸同步，感到自己的每个动作与它的每个动作都化为一体。这才表示，它认定你了。

熟能生巧，古语说得一点没错。在摸熟哈雷机车脾性的过程中，慢慢积累了经验，终于放松下来，从而找到得心应手的感觉。这与世上任何事情一样，偷不了懒，没有捷径可走，顶多有些人的悟性好能稍微快一些，比如我，呵呵！真不是开玩笑，我觉得我在骑行方面，多少有些运动天赋的细胞。

以前，总看到欧美国家的一些人把骑自行车、摩托车当成一种休闲运动，可是在国内，它们多数还是被当成交通工具来使用。随着经济文化的发展，我们也正朝着这个方向靠近。在台湾，机车虽然还是民众赖以出行的主要交通工具之一，但它的用途正逐渐被私家汽车所替代。不少人把普通机车换成了哈雷、雅马哈、宝马等性能更好的品牌，把每天上班骑行渐渐转换成周末休闲骑行。

我那位老朋友，从上学时就每天纵横驰骋、不亦乐乎了。他如果骑上一辆哈雷机车，驰骋在天高海阔的东海岸公路上，一定酷毙了！用他的话说，恨不能在背脊上插一对翅膀、肆意翱翔、上天下海。

清洗完成后，我拿抹布擦干净的机车，两侧黑色牛皮带铆钉的储物袋还湿润着。它们不娇贵，在风里自然吹干就行，不需要特别养护。许多爱车之人会对机车细心伺候，我见过最细致的一次，有位主人在骑行中途休整时用牙刷清理哈雷车钢板缝隙里的灰尘。他说，骑过灰尘大的路段必须要及时清理，否则时间久了灰尘遇潮黏住，就容易在缝隙处形成永久的污渍。那一次，我是真的被震惊了，因为那份耐心和爱车之情实在让人动容。

而我往往只是给哈雷最基本的照顾，定期保养，定期清洁。每个人有不同的性格，我相信我的机车跟我一样，随性不拘小节。就算有些地方脏一点旧一点，那也是一种骑行的印记。

当然，出行安全还是必须要注意的。为了这次出行，我特意带着我的哈雷去车行进行了一次检修保养。从头到尾仔细检查一遍，可以让它在路上跑得更快，我也更安心。它可是我环岛旅途中最重要的旅伴，马虎不得。

哈雷在车行保养的同时，我又得到一个大好消息。听闻此次环岛计划，除了帮忙制定计划的大川兄，阿豪、卡尔等一众爱好骑行的朋友也都纷纷聚拢来，准备与我一同上路。这帮朋友，是我拥有哈雷后逐渐认识的。大家来自不同行业，共同的爱好就是骑行。每次聚在一起，都是为了同一个最简单的目标而前进，相处起来非常轻松自在。

没想到，他们听说我的骑行计划后，纷纷表示愿意同行。虽然大家嘴上不说，但我明白，藏在他们心里的是一份支持和鼓励。

我默然接受，很是感动。

一撇一捺成为"人"字，人与人之间的互相支持至关重要。不管做什么事情，团队的力量总大过单打独斗。一个人的力量再强也是有限的，一群人共同完成一个目标时，彼此都是对方的信心源泉和强大后盾，同时，内心更充满取得成功的希望和力量。

说到底，我环岛寻人，也是为了同样的情义。只不过，毕竟是一件私事，所以我不好意思麻烦别人。没想到，无须特意拜托和邀请，大家还是自愿聚到了一起。

启程前壮大的声势，让我心底的忐忑一扫而空，我不禁有些斗志昂扬了。找到老朋友的希望，似乎也成倍增加，不断地回荡在心胸之间。

这次决定环岛寻人，和骑行一样，非不知而无畏，是明知而无畏。

我的哈雷从车行保养完成后，浑身上下熠熠生辉，呈现出前所未有的精力充沛、信心十足的样子。它仿佛有灵性，能知道我的心事一样。

嗨，man，我知道你行的！

"Let's go！"这句话我说给它，它也说给我。

Part 2

LOOKING FOR
THE BOY IN THE HEART

环岛：那些遇见与错过

从台北出发
一千二百公里，五天四夜
极北、极东、极西、极南
环岛寻人

海岸边气压很低
积雨云一路在尾随
海鸟的翅膀擦着波浪
呼喊声呛着咸腥

你在哪里
我的老朋友
叫老天快脱了忧郁的外套
赐予一束光吧

遇见的遇见
错过的错过
笑一笑都散在风里了
记得
是心口上光阴的体温

有些时候总感觉莫名怅然，或许是该放缓脚步，回头看看忽略的是否还在，丢失的又该如何寻回。

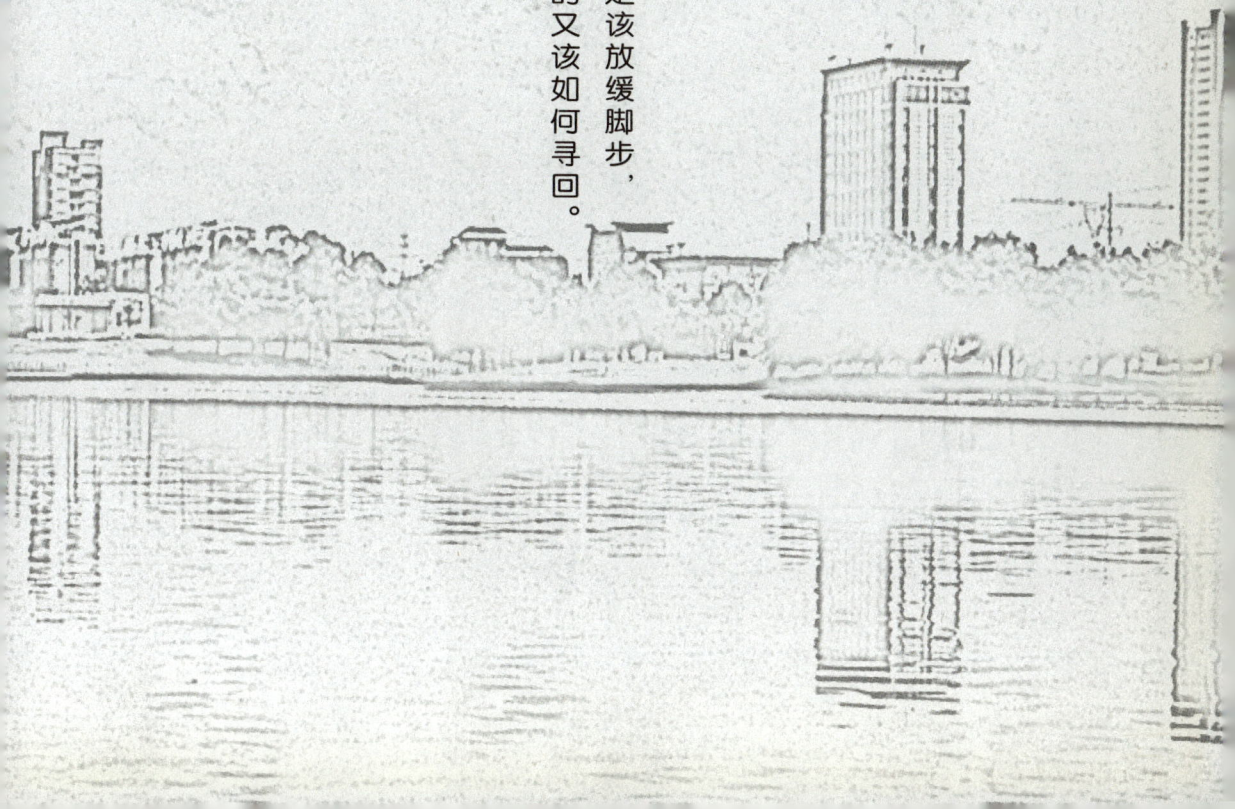

Day1 台北—南澳

骑行路线：台北→台湾最北端富贵角灯塔→福隆渔港→苏花公路→台湾最东端
三貂角灯塔→东澳粉乌林渔港→豆腐岬海湾→大南澳民宿

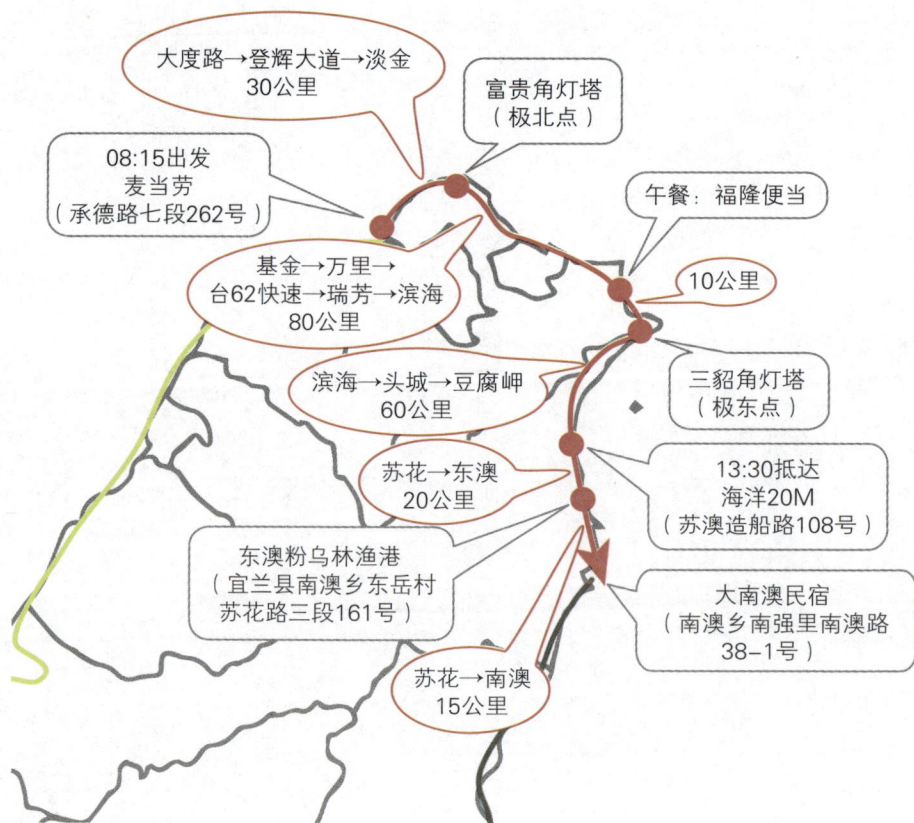

大度路→登辉大道→淡金
30公里

富贵角灯塔
（极北点）

08:15出发
麦当劳
（承德路七段262号）

午餐：福隆便当

基金→万里→
台62快速→瑞芳→滨海
80公里

10公里

滨海→头城→豆腐岬
60公里

三貂角灯塔
（极东点）

苏花→东澳
20公里

13:30抵达
海洋20M
（苏澳造船路108号）

东澳粉乌林渔港
（宜兰县南澳乡东岳村
苏花路三段161号）

大南澳民宿
（南澳乡南强里南澳路
38-1号）

苏花→南澳
15公里

寻找心里的那个少年

极地灯塔

从台北出发，一路通畅。

葱青的植被，高远的天空，离开了城市以后，满目都是大片大片农田，世界被一路染绿。路径在渐渐收窄，心境在渐渐放宽。

起初的路段，大家骑行得十分顺利。依照商量好的安排，大川兄在队首领路，卡尔在队尾压阵。其余众人依次骑行在中段，间或遇见路况变化，部分车手调整一下前后顺序。车队整体速度十分均匀，大家心照不宣地保持平稳，都没有特别提速。这个阶段重在磨合，磨合好了才能保证整个行程的顺利进行。

还没到中午，车队就已经到了环岛之旅的第一站：富贵角灯塔。大概是我怀着心事的缘故，觉得路程"嗖"一下就过去了。不知不觉，人便从高楼林立

的城市来到空阔寂静的乡野。在富贵角灯塔停下车后，我走到海边，脱下头盔深深呼吸。

阴沉的天空连接着海岸线，波涛声隐没在呼啸的风里。心情似乎和天气一样不是特别晴朗，也许只是因为不知道"你是否安好"。

海边，风很大，吹在脸上一阵阵力道十足。脚下，海浪汹涌拍打着堤岸；头顶，灰色的云层缓缓飘动。只有海岸尽头那座白色塔身安静伫立着，近在咫尺，却又仿佛远在天边。恰似现实与梦想的距离，仿佛一步就能跨过去。但很多人为此努力了一辈子，这段路程却寸步未移。

我忽然有点不敢再往下想，返回停车的地方调试着哈雷机车，隐隐担心这次寻人的结果会不会也是这样。

阿豪走过来，邀我和他一起四处走走。虽然身为台湾人，但并非谁都能熟悉这片土地的每个角落。不仅我和阿豪，很多车友都是第一次来到这里。利用小憩的时间，大家不约而同地各处看看。

富贵角灯塔位于台湾最北端，平日鲜有游客来此观摩，故而环境格外清幽。满目可见植被茂密，草木丰盛，它们不像那些著名的海滨景点被特意打理得精致体面，长得随性而自由。海风吹过，高个子的草杆低垂了腰肢来和人们打招呼，淡淡海腥味和着泥土清香，一派野趣。

沿着海岸边浓绿的小径步行一段路，渐渐人声嘈杂起来。原来附近有个渔港，水中泊着渔船，码头上林立着一排矮矮的商铺，看来是当地商贩和民众经常光顾之地。因为眼下不是繁忙渔季，商铺三三两两打烊关门，只有一家小饭馆和一家杂货铺开着。我和阿豪路过店门口时，两只温顺的狗儿摇着尾巴上前亲昵。看起来，它们好久未见陌生访客了。

"你们是不是也在想念分离的朋友啊？是在上一个捕鱼季节认识的吗？"我蹲下来俯身抚摸它们，它们用粉红色湿润的舌头舔我的掌心。动物的情感最单纯，你对它们友好，它们就用赤诚的爱回报你。有人说，狗儿能分辨出人们心跳和呼吸的节奏，能灵敏地感觉到人的喜怒哀乐。所以，在它们面前，你无法伪装。

好像通人性一般，两只狗儿不停地和我亲近，除了用舌头舔，还用毛茸茸的脑袋在我裤腿上来回磨蹭。它们似乎真的看穿了我的内心，所以努力想要帮我平

/ 温馨一刻 /

复心里那些不该有的悲观念头。我轻轻拍了拍它们的脑袋以示感谢，狗儿的尾巴摇得更欢了。

起身后，举目远眺，白色灯塔的身姿从绿草树荫里闪现出来，似乎有点不服气。是啊，不论好天气还是坏天气，不管人们记起还是忽略，灯塔永远站在那里，保持着原来的样子。难道，最单纯、执着的不就是它吗？为什么人们总要以自己的想法去妄加揣度？

想想也是，从小到大读过的书里，有诸多描写灯塔的文字。忠诚的指路者，光明的引导者……都是它曾被赋予的冠冕。出行第一站就遇见灯塔，应该是好兆头才对。灯塔伫立在此，标志着台湾最北端的位置。极目远望，茫茫汪洋，不见边际，这让时空的界限变得洪荒无垠。有多少夜里迷途的渔船，凭借灯塔这一点光亮的指引，从而改变了关乎生命的航迹？它，是多么简单又多么重要的存在。

狗儿依然在我脚下欢腾，我却望着灯塔出了神，不禁又朝它的方向折返回去。

依稀看见一艘小小的舟，在风雨里颠簸。那年，父亲公司倒闭，家里欠下巨额债务，我们全家被迫搬出原来宽敞的住所，挤在一间光线昏暗的狭小的出租屋里。不仅如此，为了躲避不时追上门讨债的人，还要不时地更换住处。把那段处境比作一艘漂浮在汪洋中的小船，真是再恰当不过了。父亲深受打击后身体不好，不知情的弟弟远在美国读书，受到惊吓的母亲需要照顾，所以刚从大学毕业服完兵役的我，不得不学会担起掌舵人的重任。

去哪里？能去哪里呢？我真的非常迷惘。唯一的信念，就是要保护家的完整和安好，但又无所适从。在每个人成长的经历里，或多或少都会遇见类似的境地。非常幸运的是，我的茫然很快就被一座灯塔照亮了。

这座灯塔，不是一件事、一个人，而是一份职业，那就是演员。

和许多从小做着明星梦的人不同，过去二十多年，我从未想过自己会成为一名演员。偶然的机遇，制作人推荐参演《怀玉公主》，大学政治系出身的我没有表演经验，完全是新人状态。演得好，可以拿到片酬，替家里还债，就是这个信念支撑着我憋着劲一头闯入全新的行业。不记得有多少次连轴开工，每天都非常努力，每天都如履薄冰。因为在表演上开窍晚，导演气得几乎要动手打我；因为

Part 2　环岛：那些遇见与错过

怕耽误拍摄，发着高烧也拼命硬扛。我的最高纪录是六天五夜不眠不休，到现在都是值得我骄傲的战绩。

车队朋友们常夸我手臂肌肉力量好，殊不知这些肌肉都是从前拍打戏练出来的。原来的我就和那个老朋友一样，瘦瘦的。如今，时间把瘦瘦的我都锻炼成壮壮的我了，老朋友现在又变成什么样子了呢？如果他知道我做了演员，非跌破眼镜不可。等促膝谈心的那天，我们互相讲讲不可思议的命运吧。

生活之旅的奇妙，就在于你永远不知道前边有什么等着你。演员这座灯塔，在迷途之际挽救了我的家庭，挽救了我的人生，从而成了我的立身之本。因此，我很感恩。

富贵角灯塔边的乌云压得更低了，天空越来越暗。但光线的变化却带来特别的视觉感受，风雨欲来的片刻凝滞，把时光定格成一幅漫画。偏黑暗系的色调里，似乎隐藏着很多神秘的故事。

我从少年时期开始就非常喜欢看漫画，有时也会动手画一点，剧本常常成为随手拈来的涂鸦画本。此刻忽然起了兴致，真想原地坐下，把乌云压顶下的灯塔给画下来。我记得最喜欢的漫画是《寻秦记》，它的有趣是因为故事内容与时空交替有关。我对宇宙、星球或者时空等神秘的领域总是充满好奇与兴趣，常会沿着冒险故事的人物命运去幻想后续的发展。

此刻，倘若雨点落下，乌云散开，一道光束笼罩住灯塔，什么人会从里面走出来呢？会是时空的船送他回来吗？

/ 在路上 /

我被自己的想法弄得有些紧张和兴奋，便站在原地不动。这时，身边的阿豪提醒道："要下雨了，赶紧准备出发吧！"天际风云变幻，看样子的确快要下雨了，车队决定立刻出发，赶去福隆。

我跟着阿豪一起回到车队，跨上哈雷，发动引擎。要离开了，心里恋恋不舍，不断回头张望。走再远，灯塔还是屹立不动，风吹绿色草浪在海边勾勒出一道思念的弧线。在世间失散的人们，倘若一方能坚持站在原地不动，那另一方就算远离万水千山也依旧能够找得回来。

可是，有多少人愿意坚守呢？又有多少人能够不放弃地找回来呢？

拜神

雨点缠绵落下的时候，我们一行赶到了福隆。

福隆是地道的渔港，海鲜十分出名。台北人常会举家到这里来度周末，又吃又玩。沿着海堤有几家很不错的海鲜排档，大家在此歇脚吃饭。一排长长的木廊横在海岸与排档之间，正好让"骑士们"晾干潮湿的防风外套。雨滴如门帘一样挂在檐下，体形很小的不知名的海鸟来来回回穿梭其间，它们扑棱着翅膀，兴致高昂。

/ 在路上 /

海鲜排档店家需要时间来准备我们这一大伙人的饭菜，我们便得空在木廊下小坐，闲聊片刻。有位车友没闲着，特意找了个斜坡，把他的座驾开进木廊里面。大家看见后，纷纷夸赞他是真心爱车之人，只是一顿饭工夫也不忍心爱的车淋雨受苦。

我开玩笑说，这是虔诚。有人指着不远处说，那才是虔诚。

顺势望去，只见紧邻着排档一条街的海堤尽头，坐落着一间修缮华美的庙宇，遥遥可见门前匾额上书写"东兴宫"三字。墙头檐角数条蛟龙上下翻飞，碧鳞黄身金须，腰间还生有一对鲲鹏翅。此情此景，不由惹得我心里一惊。

记得当年曾与老朋友论及"做鱼还是做鸟"的话题，原来世间竟有双全法。于是想到刚才穿梭在木廊下那不知名的小海鸟，莫非它是水中鱼儿变身来的？

海浪镶着白边一道道拍在临岸的黑色柱形石墩上，顷刻间飞散化作万千飞

/ 福隆东兴宫 /

沫，小海鸟们远远在水雾中翱翔，分不清是浪还是雨，不禁思绪纷纷又如潮至。

　　神，是何物？我至今不知。但我赞同人们崇敬神作为一种信仰。老朋友告诉过我，他最信仰的是台北的行天宫，那里供奉的主神是关羽。他说小时候懵懵懂懂，都是被家人带着前去拜谒，父母教导他要学习关羽"坚守信义，忠勇仁爱"的品性。当时他一知半解，等到长大读书学文，读了罗贯中的《三国演义》，渐渐爱上那段历史故事，又翻阅了不少相关文集，大受教益。男生尤其崇拜关羽的仗义，自此一举奉为心中偶像。

　　东兴宫飞檐直插云霄，海天之间自生一股肃穆庄严。不知道老朋友的足迹是否曾经行至这里？是否也有这番不期而遇的睹物思人？

/ 福隆东兴宫 /

　　2008年的时候，我接拍了一部非常特别的影视作品——电视剧版《三国》。我受邀在剧中饰演一位东吴的著名将领。演员与角色，常讲求"缘分"二字。尤其当扮演的是自己喜欢的历史人物时，就更为惊喜。与男生一样，罗贯中的《三国演义》我也是从小就读，早已熟知于胸。没想到，竟然能有机会参与其中，心情自是不同寻常。

寻找心里的那个少年

036

我对角色的看法，不管正派还是反派，首先需要具备丰富而立体的"人性"。即便是战神关羽，除了一身丰功伟绩之外，一定也有徘徊、矛盾、脆弱的时候。孙刘联军共抗曹操时，我与关羽有多场戏份。虽在戏中，也在崇敬之中。曾经那么遥远的神明，一下子近在身畔。当时的感受，除了喜悦、感恩，对于演员这个职业带来的各种不为人知的困扰、苦楚也于当时一并释然了。

　　那部《三国》，前前后后拍摄了将近一年时间。历经春夏秋冬四季，行军打仗、各种大场面的古战场的戏份，拍得着实辛苦。实在艰难的时候，我脑海中总会想起先辈战将，以此引以自勉。既受得起万众瞩目，自该经得住重重磨砺。莫道命运如何，全在一份坚忍的良好心志。

　　《三国》播放后，引起巨大反响。观众对于我饰演的这位将军，也是诸多好评，尤其赞许我对他进行了翻案式的表演呈现，使人物不复以往艺术作品中符号化的单一形象。能得此评价，我比得到什么都高兴。媒体采访时询问个中心得，其实我就是坚持了一贯的方式，人性化地去表现角色。为了演好这位将军，我查过不少历史资料，还参考了各种学者流派乃至大众舆论的不同评价。所幸，在导演、编剧等主创的共同努力下，这个人物栩栩如生地被还原了。同时，其他优秀演员同行也都奉献了高超的演技，让整部剧成了一幅犹如历史长河般的壮阔画卷。比如于荣光饰演的关羽，美髯长须、横刀立马，至今犹存在于我的脑海中。

　　在台北的时候，我也常去供奉关羽的行天宫。与其他庙宇相比，我对它婉谢烧金纸、叩谢金牌、供奉香烛的参拜规矩印象颇深。尽管每日人流不息，信徒万千，但行天宫的神案上永远只有鲜花、清茶，甚至连功德箱都没有。武圣关羽只需拜谒者有一颗虔诚向善的心，而不需任何钱财供奉，节烈素心作风与众不同，实在让人心生敬仰。

　　娱乐圈素来是繁华喧嚣、是非横生之地，如何能不丢了自己，最重要的便是要保持一份赤子之心，以平常心待己待人。武圣关羽建盖世功勋尚不愿凭此尊大，任何荣光会来也会走，风起云涌、风流云散都是必然规律。作为一个演员脱落角色后回归现实，低调生活，自当是最好的状态。

　　一番神游，海鲜排档的老板已经做好美餐，招呼大家进去享用。圆桌上，各色海产琳琅摆放，色香味俱全，果然十分新鲜，但我心心念念却都在东兴宫上。席间闲暇询问老板，里面供奉的是哪尊神位，老板掰着手指一连说了好几位。

/ 福隆渔港海岸 /

在台湾，一座庙宇中往往同时祭祀佛教佛祖、道教三清乃至儒教以及其他众神。这是司空见惯之事。但相对中国内地的宗教习惯来说，就显得十分特别了。所谓"道曰今生，佛说来世"，道有观，佛有寺，在内地庙宇中它们几乎不可能共存于一处。而这种兼容恰是台湾庙宇的特色。儒、释、道三教合一，兼容圣贤、佛祖、仙神的思想，只要获得能修身修德的精神，大家并不介意它引自何处。

不仅在台北、高雄这些大城市，各个小地方，也都拥有自己的地方庙宇，呈现相通而多元的状态。每个人信奉不同的神，神明可以兼容于一体，人们自然也可以共聚在一起。当你诚心祈拜武圣时，同行的友人或许正匍匐在孔子脚下，互不影响，各怀崇敬。宗教学者总结这种现象为"多神格"，是台湾特有的一种信仰方式。

车队伙伴见我对庙宇产生兴趣，也纷纷展开了话题。大家相互交流，发现信奉的神位各有不同。一时之间，各说各的，好不热闹。多神格的好处在于共存与互纳，在地域与资源有限的台湾，这是一项重要的课题。不同力量的互相加强，远远好于互相消减。

我不是健谈的人，在一旁静静聆听，很受教益。拿自己的经历来打比方，好戏来自对手，演员之间最讲究的也是融会联合。遇到戏好的前辈，多学习；遇到戏生的后辈，多提携；影视是团队的艺术，每个人都做好了，才能呈现一出真正的好戏。戏剧源于生活，又能反过来做生活的镜子。

每每在生活里领悟到一些真知，便觉得年华未虚度，甚是美好。福隆海边的雨下下停停，天空里积聚着多情的云，东兴宫隐在雾气里升腾仙意。此地似有意留客，但后续行程已不能再延迟了。一顿海鲜大餐，又吃又聊，花费不少时间。骑士们热情地完成"光盘"行动后，整装出发，告别福隆。

雨中曲

关于雨，男生曾绘声绘色讲过一次湿漉漉的难忘记忆。

那是在大学期间，他和他组建的小乐团在基隆公园参加演出。为了这次演出，一帮热情澎湃的大男孩儿辛苦准备了很久。万万没想到，正式表演这天，老天爷却和他们开起了玩笑。候场期间，天空就阴云密布。快要轮到他们时，更是淅淅沥沥飘起了雨点。一时间，基隆公园中的行人纷纷奔跑躲避，偌大的广场上一下子全空了。

这可怎么办？伙伴们面面相觑，愁容不展。"没有关系，就算只剩下一个听众，也要打起十二万分的精神来表演。"男生对这样的困境毫不在乎，大声鼓励着自己的同伴。他觉得能够受邀来到这里，就已经很满足了。这份乐观感染了大家，尽管台上台下一片雨雾，乐团所有人还是整整齐齐、热情饱满地站到了舞台上。

此时，雨势持续加大，广场上仅存的寥寥行人开始四处奔走，谁也没有心思再往舞台上多瞟一眼。一场精心准备的表演即将沦为没有观众的独角戏。可男生什么都不管，他和着节拍放声高唱。本来大家还有点紧张，这会儿被雨滴打湿了全身，朦胧了视野，心里的不安也被一点一滴冲刷干净。音乐的表达，从没这样畅快过，每个人都好像发挥出比平时更棒的水平，乐曲弹奏与演唱融合得紧密又精彩，整个表演和大雨同样淋漓尽致。水火两重天，爽到不行！

忽然，有一把伞停驻在舞台下，那是一个路过的年轻女孩，被热情洋溢的音乐所吸引。渐渐地，两把伞、三把伞、许多伞……越来越多的行人被吸引来，聚成一片。除了音乐的魅力，除了年轻的魅力，再无理由来成就这样奇妙的场面。听众们的鼓励，让男生的小宇宙彻底爆发，连连飙出超炫高音。完全没有料到的幸福真是来得够惊喜，一件不可能完成的任务，竟然被他们完成了！男生和乐团伙伴们在雨里弹着、唱着、跳着，激动到无法自已。

天要下雨，是一件谁也无法阻挡的事。同样，完全没有料到的打击也真是来得够意外。我和车友们从福隆出发没多久，天空就盛情地酝酿起一场大雨。从蒙蒙细雨到米粒般的雨点，最后瓢泼而下。这时，大家正好驶过台湾最东端的三貂角灯塔，经过极北、极东两个坐标点后，开始进入环岛全程最难行驶的苏花路段。

苏花公路是著名的海岸公路，从宜兰起，到花莲止，全程沿岸峭壁多、弯道多、起伏大。风景壮美与地势险绝，是它闻名于世的两大特色。它地处台湾中央山脉与海岸山脉之间的狭长谷地，这里是欧亚大陆板块与菲律宾海板块碰撞的缝合处，因此产生了许多断层带。平时就有山体落石的危险，一旦遇到大雨或者台风，就更容易引发塌方。

骑士们个个面色沉重，在心里暗暗捏了一把汗："不会吧？刚开始环岛，老天爷就要这么严厉地考验我们吗？"

雨势越来越大，一般防水防风的皮衣已经无法抵御，麦哥通知大家停车换雨衣。恰在这时，我的无线对讲机出了一点小故障，风雨中只有沙沙声，对话音频很微弱。队友们发现情况后，立刻开始变换队形。一般来说，机车队在公路行驶时会保持"Z"字队形。左右占据两个车道，可以防止汽车强行超车，也方便互相照顾。当大家发现我的无线对讲机出现问题后，临近我的车友迅速骑行到我身旁，用手势通知我麦哥的指令。同时，其他队友迅速形成新的"Z"字形。遇到恶劣天气与危险路段两种情况时，任何突发行为都会导致危险。大家为了帮忙我，不惜淋雨多骑一段。

靠着路边停下车，渗入皮衣的雨水已经潮冷地黏在背上，但心里好暖。麦哥换好雨衣，折返回来检查我的无线设备。因一时无法修复，于是暂时转接到手机上。我听到他的手机在循环播放歌曲，还是很激昂的摇滚曲风。没看出来，这个沉默老男孩的胸膛里跳着一颗与外表很不一样的活跃不羁的心。

"看我干吗？"麦哥瞪我一眼，我们相视而笑。其实一点也不奇怪，能陪着我放下工作骑行环岛的人，肯定不简单。每个人都有自己的故事，说不准他也在寻找着什么呢，只不过没说出口而已。

穿上雨衣后重新出发，前方将遇到苏花公路上接连不断的隧洞。苏花公路之所以被称为"最美的死亡公路"，除了地势险峻容易发生危险外，还有一个原因在于，这条公路上川流不息的砂石车和重型大货车。有关部门统计过，这两种车型使用苏花公路的比例高达50%。因为台湾东海岸盛产大理石、石灰岩和砂石等工业原料，所以，苏花公路成为采石运矿的必经之路。

在露天的公路上行驶，视野清晰，还能有效避让砂石车和重型车，但到了隧洞里，危险系数就会成倍增加，有骑士形容它们为"魔窟"。有限宽度的路面，双向行车，再加上暗黑、狭促的环境，与大型货车和卡车相遇是常有的事。对方从正面过来时，车灯照得你无法睁眼；从背面过来时，气势汹汹如排山倒海。如果"有幸"狭路相逢，飙车绝对是不明智的做法，安全地靠边避闪，才是成熟骑士的首选。

我平时骑行的时间不多，遇见类似情况的机会就更少了。隧洞、弯道、打滑的路面、风雨交加中模糊的视野，都给我带来很大的压力。可以毫不夸张地说，只要稍不留神，等着你的就是绝壁下汹涌的太平洋。所以，在骑行过程中的每一分每一秒，都需要打起十二分精神。无线对讲机又正好不通，耳机里一片静默。不通也好，正好可以让我专注地面对问题。队长听歌，我也听歌吧，音乐或许能给人减压。

按下播放键，手机里飘出一首老歌的旋律，不太出名但非常熟悉的老歌。天啊，太巧了！居然是这首歌，这是一首他唱的歌，也就是我那个没了音讯的老朋友。我自己都忘记还在手机里保存着它，而且居然能在上百首歌里随机播放出来。

"过了一年又一天……突然间，忘了错，忘了你，忘了我……"熟悉的歌词与旋律，我轻哼着和上。我都有没忘记，原来我都没有忘记啊！

男生十九岁，最好的年华。乐团参加比赛获得热门歌唱大赛第三名，他在巡回演唱时被制作人发掘，然后签了BMG唱片公司。圈里著名制作人为他操刀发行专辑，盒带封面他上长发飘飘的样子真心养眼。用现在流行的话讲，绝对小鲜肉一枚。带着青涩，斗志满满，天不怕地不怕。

耳畔的这首歌，是他转签滚石唱片后的作品了。他明显成熟了，也开始藏着心事了。为了音乐事业，他故意大学延迟了两年，也推迟了入伍时间。可惜，当新专辑刚刚发行，宣传期才进行了短短十天，他就收到了入伍通知。满腔热情被骤然叫停的感觉，疼痛而无奈。

即使失败几率很高，希望非常渺茫，只要有一丝机会，都一定要去试一试。他为了挽救自己的梦想，做尽了那个时候能做的所有事。成功不成功无所谓，只要尽力了，就不后悔了。这种勇敢和坚持，与他当时在基隆公园雨中唱歌时一模一样。

在眼下艰难行驶的境地里，忽然响起的这首歌用属于它的回忆鼓舞了我。人要有拼搏精神，不能因为陷入困境就失去希望。我憋足劲，集中精神，驾着哈雷穿过深黑隧洞。

等再见到广阔天地时，一片海天风光。雨，已经停了。

队友们纷纷打手势庆祝打胜了一场艰难战役。和着他的旋律，我忍不住放开嗓子大声唱起歌来！是啊，做最真实的自己，最勇敢的自己，想唱就唱，想走就走，也不枉人生来一回。

无论到了什么年纪，我们都不能忘记这样的潇洒。

与当下合个影

终于战胜了大雨和隧洞，骑士们纷纷脱掉雨衣，在风里晾晾湿闷了一路的身体。大川兄说，勇士有奖。他神秘地笑着，然后带领车队在海岸公路边忽然一个左转，骑行一小段路之后便来到了东澳粉鸟林渔港。

驶过一座高大的拉索桥，便看见一片安静的港湾呈现于眼前。汹涌的太平洋海水化作深绿色的温柔细波，渔船整齐地排列着，随着微澜轻轻摇摆。空气里弥漫着鱼鲜的气味，不断挑逗着我们大量体能消耗后蓬勃的食欲。

不等领头人发号施令，车友们就自发地停了下来。

"骑得好累好饿，真想吃点花枝鱼丸啊！"不知道是谁小声在说，立刻赢得一片赞同声。不过环顾四周，这里并没有贩卖的小店，倒是有一挂鱼被晾晒在墙边，可惜都是生鲜，解不了嘴馋。"来来来，大家既然喜欢这里，一起来合个影

/ 东澳粉乌林渔港拉索桥 /

/ 东澳粉乌林渔港合影 /

吧！"有人号召。哈哈，这就是想象和现实的差距。

虽然饥肠辘辘，大家还是一字排开高兴地合影留念。很多人和我一样，也是第一次来到东澳粉乌林渔港。到此一游留下足迹，虽说俗套但挺有意义。时光若白驹过隙，要学会留住并感受当下，风雨过后的轻松平静以及蠢蠢欲动的味蕾食欲，下次再来未必还能体会。而且，千万别相信下次再来的鬼话，那真的不知道要隔多久，说不定一个约定的期限就是二十年……哎，又戳中痛处。

欲扬先抑这门心理学，大川兄一定修得满分。拍完合影跟着他继续上路，短短几分钟，渔港往前绕过山头，猛然一个峰回路转。哇塞！眼前所见的景象刹那间让人震撼到无法言语。海阔天空，碧树红花，绵延细软的沙滩，高耸巍峨的山峦，俨然来到了人间仙境一般。"这是哪里啊？简直太美了！"这一次，是我忍不住第一个提问。"这个海湾叫豆腐岬，是车友的秘密基地哦！"大川兄颇为得意。我常年在外拍戏，环岛的机会不多，这次真是开了眼界。

豆腐岬半山腰有条草丛蔓延的石子小路通往海边，雨后潮湿有些打滑。麦哥细心地提醒大家从上面骑行通过时务必注意安全，但大家的注意力都被前方三五成群的度假小屋吸引了。更何况，一位风姿绰约的老板娘已经抱着黑色迷你小泰迪狗，顺着远远的小径迎了过来。

有好几位车友挥着胳膊和她热情地打招呼，看来是老相识了。"听说你们要来，等好久喽！"老板娘一边大声说着，一边热情地带领大家来到她的度假屋前面。小屋是蓝白色地中海风格，起伏圆润的矮墙围起一块葱绿的草坪。三层高的房子装饰着贝壳和风车，金黄色雏菊图样替代了未露脸的日光，明朗得闪到了我们的眼。

根本来不及和老板娘细细寒暄上几句，骑士们便争先恐后攀上度假小屋三楼的露台咖啡厅。在这个地方视角绝佳，豆腐岬全面地展现在视野里。远景是海与天亲密偎依，中景是山野沙滩的点缀，前景是度假屋的浪漫惬意。还有画外音，是骑士们兴奋的欢声笑语。

望着如此美景，简直叫人沉醉。忽然，我发现画面左上方，有一样东西特别显眼，那是一条在高耸入海的危崖峭壁上绸缎般起伏盘桓的公路。阿豪顺着我的目光看去，笑着说："过一会儿，我们要从那里骑行通过！看，多美的公路！简直是冒险家的乐园！"尽管都知道苏花公路险峻，骤然跳脱开来，以旁观的角度

/ 东澳粉鸟林渔港 /

去看，还是觉得心惊肉跳。

然而，我们正是从同样的危险里一路骑过来的，而且还冒着大雨。想到这里，骑士们每个人的脸上或多或少都流露出一份暗暗的自豪。

"大家的点心来喽！"老板娘端着各种美食蹭蹭蹭快步上楼来，咖啡、热巧克力、烤吐司、三明治……应有尽有。骑士们围上去，陡然热情高涨。享用着美食，观赏着美景，大家都找到了度假的感觉。手上端着咖啡慵懒地半躺在椅子里的风趣的阿豪打开话匣子开始神侃了，好几个车友被他吸引过去了。车队里唯一的女骑士品客，则在和她的老公玩亲密自拍。暂时脱离家庭琐事的烦扰，夫妻俩甜蜜得犹如初恋。我依然站在露台最前方，贪婪地赏望海景。经历了艰辛后抵达的美好，更让人爱不释手。

恍若世外桃源的豆腐岬海湾，我也要在此自拍，留个纪念。刚举着手机伸长胳膊，好几个脑袋"嗖"地凑了过来。呵呵，欢迎入镜。这群骑士朋友，平时在各自行业里绝对是精英级别，眼下却都顾不得捡起偶像包袱了，孩子似的快乐着。

海子有句很出名的诗："从明天起，做一个幸福的人。我有一所房子，面朝

/ 豆腐岬海湾 /

/ 豆腐岬海湾 /

大海，春暖花开。"但我更喜欢后面半段："从明天起，和每一个亲人通信，告诉他们我的幸福。"前面，是一个人的幸福；后面，是一群人的幸福。

独乐乐不如众乐乐，是我素来坚持的人生信条。

家中遭遇变故后，我用将近十年的时间逐步还清了所有拖欠的债务，并供完了弟弟在美国进修的课程。后来，又用拍戏积攒的薪水买了一所三百平方米的居室，实现了与父母、弟弟一家同住的"大家庭"愿望。其间有过多少坎坷难关已经数不过来了，数千日日夜夜，好多次想要放弃投降，最后还是咬牙坚持了下来。不必自我标榜，我承认，支撑着信念这么久不倒的动力，只是来源于"小家""小我"，并没有多么崇高。但要是每个"小家"都幸福了，"大家"不就更安定幸福吗？我以为，作为一个男人应该承担的责任，首先就要从筑造、呵护好自己的家庭做起。

想着想着，思绪又跑山边去了。"老板呢？老板在哪儿呢？"大家此起彼伏地询问，我也跟着四处寻找。和活泼的太太比起来，老板显得内向腼腆，站在楼下仰起头向我们挥手打招呼。度假屋一下子来了这么多客人，他不帮忙招呼大家，却两手都攥着工具，正忙着检修一辆哈雷机车。

咦？这是在干什么呢？不等大家发问，老板已经自解谜团。"我给它整一整，一会儿陪大家跑一段！"原来，老板也是爱车之人，看到车友们不免技痒。听闻我们下午要来，中午便开始忙活了。车友遍天下，这个词在海天之间得到完美诠释。

台湾环岛的哈雷车队里，有个不成文的习俗：但凡路过车友所在城市或地区，只要骑士们有空，都会陪着跑上一段。很多时候，彼此甚至不太熟识，为的就是这一份爱好骑行的情感共鸣。

"把老板娘也带上吧！人多！热闹！"有车友半开玩笑地邀约。

"那是当然的！我把车整修利落了，就是为了两个人一起骑！要是不带上她，她会不开心的！"没想到老板夫妇正有此意。

小憩片刻，补充了充足的食物，车队离开豆腐岬海湾，朝宿营地大南澳进发。我们的车队里加入了"新成员"——度假屋的老板和老板娘。老板娘坐在机车后座，比在前面骑车的老板还高兴，满脸都是笑意。傍晚的海风吹起她蓬松卷曲的波浪长发，飘啊飘啊，和她的殷勤款待一样气氛热烈。

/ 夜幕时分 /

在如此友爱的鼓舞下，大家一扫疲惫，再次激情高涨。盘桓在天际的苏花公路，谁会怕你呢？不如来得再猛烈些吧！车队绕过豆腐岬山头的时候，留下一片欢乐。

几番甜滋味

夜幕合拢四野，乡村小道的路灯一盏接着一盏亮起。经过了又一程苏花公路的挑战，我们终于抵达了南澳。

这里，距离花莲已经不远，海岸线伸展开来变得更加开阔。台湾的冬季并不太冷，尤其在东南部地区，受海洋气候保护，就是在数九寒天的时节依旧湿润温暖。但今日白天一场大雨后，海面紧跟着刮起大风，气温骤降了近十度。

于是，冬天终于有了冬天的样子。可怜骑在机车上的众人猝不及防，都有点不胜寒冷。幸亏我们准备过夜的民宿并不难找，很快就出现在路口。放下行囊后，大家纷纷添了衣物，然后聚在一起吃晚餐。热菜热饭，热汤热水，暖了胃，暖了心，疲惫一天的众人很快就满血复活了。我们这群人大多年龄在三四十岁，却是个个不服输，恢复精神后马上开始讨论晚上的娱乐节目。

在这种天气情况下，按照正常的思维，应该生一堆篝火，围坐取暖。可是，居然有队友提出要去吃冰。是的，没错，寒流过境的冬夜，要去吃冰。更让人诧异的是，这一提议竟被热烈响应了。理由不为别的，只因为大南澳路边一家老字号的冰店是车队每次路过时必经的补给站。情义赛过天，没得说，再冷也要来一碗，给老板捧捧场！

台湾的冰是非常有特色的，我的老朋友也无数次推荐过。

他说，童年的时候，常和小伙伴们成群结队地去吃冰，芒果味的、榴莲味的、芥末味的，各种想不到的新奇味道他都愿意去尝试。蔗糖的甜，清香不腻，一口下去能爽到心眼里，再慢慢泛出满足的回味。说到细微处，我记得他偷偷地咽口水。"这家伙是个吃货！"暗暗给他评判的时候，我忍不住在嘴角扯出一个笑来。

不知道他有没有来过南澳公路边的这家冰店？我们整个车队浩浩荡荡来到冰店时，正准备关门打烊的老板十分惊讶。其实，刚才我们去民宿吃晚餐时已经路过这里了，还和她挥手打过招呼。她着实没想到，我们居然又折了回来。"这么冷的天气还吃冰啊？""当然！好吃不怕冷！"老板闻言，立刻开心地忙活起来。大家也如自己人一样，熟络地挤在冰柜前点起各自喜欢的口味。

/ 南澳冰店 /

南澳这家老字号冰店，沿袭了传统的做法，可以各种口味混搭，也可以单一品种。我点了淋着柠檬汁酸甜口味的白色冰，队友点了绿豆沙、花生、芒果等多种口味的综合冰。要是晚饭时悄悄留着肚子的话，再加一份芋圆和仙草，那Q弹爽滑真是太棒了！

不同花色的冰很快被端上桌子，大家纷纷大口饕餮，半点也没有因为天寒地冻而放慢速度。临近座位的诸人，还互相尝着别人的品种，不住点头称赞。见此情景，老板脸上乐开了花，又带着点不好意思，仿佛寒流来袭是她的过失。

我和老板聊天，夸奖她的冰口感超正。老板自谦，说台北夜市摊位贩售更多不同款式的冰。我想起曾经去过饶河靠近慈佑宫路段，有一款牛奶仙草芒果绵绵冰很是别致。老板听到名字马上报出配料，除了炼乳和新鲜芒果，还需要搭配仙草、牛奶和黑糖水，口感润滑鲜爽。特别注意的是，要使用比挫冰温柔细腻的绵绵冰，包裹着韧软的主料，简直可以在嘴巴里跳华尔兹。要是不过瘾，还可以搭配麻薯一块儿吃，胃口小的女生恐怕可以当一餐主食了。

人与人的相遇在有些时刻实在是很简单的。仅仅一款冰，就能让初识的陌生人聊上一车话，感觉非常开心。南澳离花莲很近，我说曾经去过花东纵谷那里吃过冰，我和老板的话题很快又转到了著名的光复糖厂。

制糖业曾经在日据年代的台湾繁荣一时，台北、台中、台南、台东的山海之间，到处散落着它们半隐于市的身影。厂区多半选址城郊，绿树成荫，日式建筑线条简洁，蔗糖的气息让周遭笼罩起一种甜香的情愫。虽然随着产业结构的调整，这些昔日经济支柱"大腕"逐渐凋零，但它们雕刻过的时光痕迹依旧与废弃的厂房一同留存了下来。

光复糖厂坐落在花东纵谷主干线附近，青山秀水，景色幽美，每年都有络绎不绝的旅人前往探访。与其说是去吃冰，不如说是去吃回忆。光复糖厂的冰品种很多，应景地带着怀旧的味道。豪华的，可以是满满一大碗；简单的，可以是一个小甜筒。人们常常会在贩卖窗口犹豫半天，恨不能每种口味都尝一遍。不过我觉得，最好吃的也就是那么几款，其他的万变不离其宗。

由此联想起来，人生也是如此。懵懂年少时的我们都想离家去闯荡，尝试生活的百般滋味。到头来却常常发现，适合自己的不过就是那么一两种。"老板，你开冰店这么久，你觉得哪一款最好吃？"老板笑了，"我当然觉得每一款都好吃啊。"我也笑了，自己提的这个问题够没水平啊。老板继而又补充了一句："每个人喜欢的就是最好吃的。"貌似冠冕堂皇，细究起来，这回答竟出人意料地通透。

我吃了一口手里的冰，是啊，甜就是甜，苦就是苦，喜欢就是喜欢，如果长大意味着世故和掩藏，那我们就丢失了最好吃的味道。

车友笑着凑过来，打量我碗里剩余的冰。"喂，我觉得你吃的这款冰里面牛奶比我们的多一些。""怎么会？"我一时费解。"因为你比较帅啊！所以奶牛有特别款待哦！"车友的语调里带上了笑意。"乱讲……"我话音未落，有人应景地学奶牛"哞"了一声，大家全都笑得人仰马翻，老板也呵呵直乐。

熟知我的麦哥总结性地来了一句，说我不挑食所以觉得什么东西都好吃，早上出发时还跟他讲肯德基的新款汉堡味道好，不信大家可以问问他有没有觉得不好吃的东西。车友们听到这话，又是一阵笑。我却忙不迭地点头，赞同麦哥的话。因为我对各种食物都非常有好感，凡是可以吃的食物，都会怀着感恩的心情把它吃光光。

开工的时候，片场的便当不论荤素，我都吃得干干净净。休息的时候，中午去便利商店买一个御饭团、一杯冰咖啡就可以打发一餐。有一年夏天在浙江象山拍戏，酒店附近恰巧开了一家沙县小吃，我足足在那里吃了一个多月居然也没有吃腻。临别时还去吃了一碗牛肉粉，而且吃得津津有味。我对食物的要求非常简单，所以，当遇见有特色的美食时，就更开心了。

如果一定要我说出一些最喜欢的食物来，我觉得甜品可以算是其中一种。很多男生都不喜欢吃甜食，但我是例外。喝咖啡时，我也喜欢多加点糖。我觉得，甜的味道，有安抚情绪的神奇功效。心情好了，味蕾就会更灵敏，更能品出好吃的滋味。

不管怀揣着多么烦躁的情绪，被加了一勺糖之后，内心的废墟上都会长出温软的新芽。如果世间每样东西都能用味道来做标签，那么所有美好的事物都该是甜的。昨天已经安睡在昨天，明天要到明天才醒来，我们能整理的只有当下的百般心情。不论困境、顺境，既然都希望它是甜的，又何必让它继续苦着！

吃完冰以后，第一天的行程宣告结束。大家送走豆腐岬度假屋陪跑的夫妇二人，心满意足地返回民宿，在甘甜中陶醉着沉沉入睡……

喂，你到底在哪里啊？骑了一整天都没发现一点踪迹。

哧，我又没让你来找我！

你……

哈哈哈哈，开玩笑的啦，你还是这么不幽默。

……

开哈雷爽不爽？

累！

年纪大了吧，大叔？

你也不小了吧，老鲜肉？

谁说的，我永远十八。

……

最近看到你在演一个战斗英雄哦！

你，知道我做演员了？

不会吧，我又不是外星人，电视有播。

那你呢？音乐玩得怎么样？

这件事你可以去问海边的寄居蟹。

什么？

累了就早点睡，睡饱了才能做英雄。

喂！喂！喂！话没说完，你去哪儿？

去前面等着，让你来找我啊！

喂……

Day2　南澳—丰滨

骑行路线：南澳→清水断崖→太鲁阁七星潭→轻翔机基地→水琏猎人学校→丰滨静浦部落→巴哥浪船屋

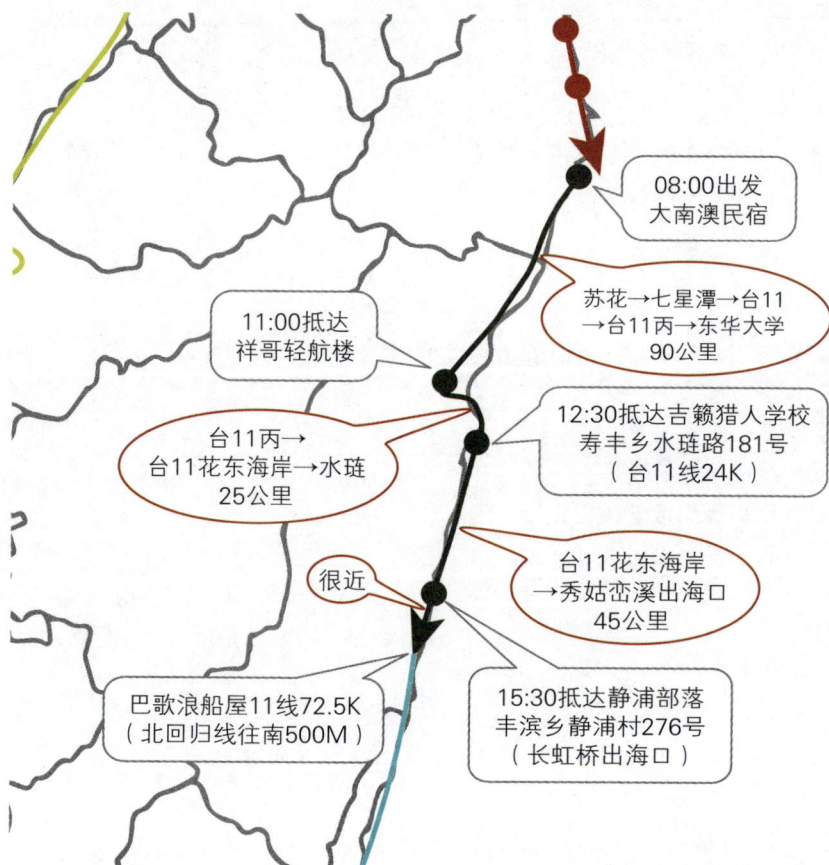

08:00出发
大南澳民宿

苏花→七星潭→台11
→台11丙→东华大学
90公里

11:00抵达
祥哥轻航楼

台11丙→
台11花东海岸→水琏
25公里

12:30抵达吉籁猎人学校
寿丰乡水琏路181号
（台11线24K）

台11花东海岸
→秀姑峦溪出海口
45公里

很近

巴歌浪船屋11线72.5K
（北回归线往南500M）

15:30抵达静浦部落
丰滨乡静浦村276号
（长虹桥出海口）

阳光明媚的日子

　　清晨，眼睛一睁开，雨霾散尽，阳光明媚，民宿屋檐上鸟儿轻叫着"起，起，起"。心里没来由地就一阵舒适，快速地起身洗漱、整理。这样利索的速度，一般只有在剧组赶拍摄计划时才有。不过，那是因为被工作催促着，而现在是因为浑身充满了能量。

　　我换好衣服，散步到民宿外的小巷，呼吸着临海地区清新的空气。嗯，的确和城市里不一样，用力嗅一嗅，好像有种甜甜的滋味。莫不是昨夜的甜品还在味

/ 南澳清晨 /

蕾里留存？我失笑，循着甜香气味往外走。

昨夜住下的时候，天色已经漆黑，现在才看见南澳村落的样貌，建筑低矮，道路狭窄，虽然简朴却很干净。零星有行人走过，步伐悠闲，与台北喧嚣的早晨匆忙赶着上班的人群截然不同。

再走上几步，到了镇区公路的拐角，机车开始多了起来。但人们骑行的速度都不快，三三两两在路边小停一下，从摊贩的手推车里买份热腾腾的早餐。随后还不急着走，一边吃一边和身旁的人聊天。不知道他们是否原先就认识，但生活的节奏放缓以后，真的非常可爱。人与人之间，一下子添了许多相互交流的机会。

空气里弥漫的香味更浓郁了，我继续往前走，发现不远处有一所小学。学校大门边的榕树枝叶繁茂，千丝万缕垂到地面，就像竖琴一样。而且，还有一束瀑布般的橘红色小花从围墙上高高垂下。那些香味，就是从这里散发出来的。

香味的源头，原来是一所学校。在意料之外，又在情理之中。台湾重视教育，也讲究建筑文化的传承和留存，台北大学、淡水真理大学、淡江中学等，都是出了名的美景怡人。而眼前这所名叫"蓬莱国民小学"的学校，隐在村野间，只是台湾无数学校里最普通平凡的一所，却同样美得让人眼前一亮。

车友们陆续从民宿里出来，也都被这所学校吸引。大家萌生出进去看一看的想法，却发现校门紧闭，便来来回回在围墙下踱步，想要另找路径。还是麦哥细心，笑说别找了，今天周末学校放假，恕不接待访客。

哦，原来如此！众人一腔好奇心只得作罢，但依旧站在学校围墙下不愿离去。虽然孩子们不用上课，但似乎耳畔依稀仍能听到清脆的课间铃声和稚嫩的朗读声。这些久违了的声音美妙得像乐曲，穿过砖红校舍和绿草地从记忆深处扑面而来。

小学，遥远得仿佛已是上辈子的事。但一旦回头去望，又好像就在昨天，老师、同学、校服，好多画面涌入脑海，甚至还能闻到开学时一摞摞新书散发出的墨香。

"喂，你小学是哪一所？""我住桃园，应该不会和你同校……"特别的环境能开启时光的魔盒，车友们纷纷开始回忆童年。

我晒着阳光，在记忆里游泳，去往熟悉的老地方。父亲年轻时很帅很有型，在警察广播电台当播音主持。我们全家跟着他住在警察宿舍，那地方有点内地军区大院的意思。宿舍区，都是家庭背景相仿的孩子，互相结成了从小到大的玩伴。上树爬墙，打架翘课，淘气小屁孩会做的事儿，我可是一件没落下。当然，也因此没少被修理。

父亲忙工作，母亲负责管教我们，严厉程度却只多不少。弟弟年纪小，整天跟在我屁股后面打转，他性格活泼，闯下的祸比我还多。可是在有兄弟姐妹的家庭里，不管哪个孩子犯了错，当哥哥的总是比较倒霉。"你为什么不带好弟弟，他不懂事你还不懂事吗？！"母亲的开场白每次都不带改的。每当到了这个时候，弟弟总是马上认错讨饶，扮出一副可怜兮兮的小模样。我就比较倔强，常常"死都不肯认错"，所以母亲的戒尺理所当然便由我一个人享用了。戒尺雨点般落在我的手心儿里，那委屈的滋味咬牙地难忘啊！

痛是痛，爱依然是爱。母亲和我的感情非常亲密，多半是从小打出来的。其实，我知道她在打我的时候，也很心疼，因为那些掩饰着的小小表情都没能逃过我的眼睛。保护好弟弟，并且给他做好榜样，是当哥哥的责任。如果做错事，不管错的是弟弟还是我，我都应该自我检讨。这些童年经历投射在成年生活的结果就是，但凡生活中遇见什么事情，我的第一反应还是先从自己身上找原因，人的情绪和心态也因此更平和。母亲用戒尺在我的人生观里打出了"不逃避"三个字，我挺感谢她的。当然，我并不赞同打孩子这种教育方式，但古人"不打不成方圆"的家训在我身上倒是很有效果。只要尺度适当，奖罚分明的确可以给孩子塑造起正确的价值观念以及是非标准。

曾经跟在我身后充当小尾巴的弟弟，现在已经是三个孩子的父亲了，两个男孩一个女孩。拍戏回家休息的时候，两个男孩就会满房间跟着我跑，想在我这个大伯身上搞点小小的恶作剧。"喂，你们两个，不要像追踪导弹一样跟着我，好不好？"有一次看到他们竟然想要跟着我一起进卫生间，实在忍不住只好阻止了。哥俩嘻嘻哈哈地跑开了，我发现自己虽然是在呵斥，脸上却都是笑意。他们多像我和弟弟的童年再版，那么单纯，那么快乐。

虽然小时候在家里常常挨训，但学校的老师还是很喜欢我的。因为我聪明机灵，学习成绩也不错，所以，就算有时忍不住捣蛋犯错，老师也常常会网开一面。每逢在学校逃过一劫，回家后却被老妈抓住，那番哀号啊，真是不忍睹之！

学校，尤其是小学，它代表的是每个人最无忧无虑的童年时光。站在蓬莱国民小学的墙根下，我们每个人都好像重回了一次童年。那个时候，我们还是个头小小的孩子，父亲母亲都还年轻，今日还是遥远的未来。云很淡风很轻，梦想被纸飞机载着随意翱翔。

东部海岸的阳光，比城里通透清澈。尽管恰逢寒潮，夜间的低温被阳光一晒，立刻暖洋洋起来。大家在学校附近的7-11便利店买了早餐和热腾腾的咖啡，佐着童年回忆边聊边吃。脱下成人的外衣，其实我们都很想再有机会成为纯粹的孩子。

可惜，时间是一条无法逆流的河。过去的风景，唯有怀念。

老朋友大步走在阳光里的样子，又浮现在我眼前。真羡慕他，心态始终是个孩子，不是拒绝长大，而是本性天真。甩着长发，抱着吉他，唱自己写的歌。他说在大学里，和女孩约会，左右两边一手拉着一个校花，特别骄傲地穿行在操场上。半夜与哥们儿去阳明山飙车，在无人的凉亭里面讲鬼故事。特别有名的就是——"啊！"说到那里，他猛然大吼一声，想唬人一跳，可自己早已笑得前俯后仰。

如果能一直做个孩子，就像他那样，多好！

我戴好头盔，发动哈雷的引擎。车友们按队形排好序位，一片轰鸣此起彼伏。每逢这个时候，母亲都要叮嘱一句："路上注意安全。"不怕麻烦，次次重

/ 在路上 /

复。这句最简单的话，是天下所有母亲都会挂在心里的。"儿行千里母担忧"，尽管她已经年华苍老、两鬓染霜，还是永远把儿子当成宝贝孩子。我很想告诉母亲："儿子早已经长大了，你就放心吧，以后的日子由我来照顾你！"

人生的路其实不长，有缘成为亲人彼此相守的年头更是有限。我希望每一天都是阳光明媚的日子，充满希望和最纯粹的快乐。

民宿屋檐上的鸟儿欢叫着"去、去、去"，车队第二天新的征程又开始了。

太平洋

太平洋，台湾赖以生存的地方，世界上最壮阔的地理名片之一。三个只要轻轻看上一眼就分量十足的字，赋予了整座岛屿最原始而又昌盛的生命力。东海岸拥有绵长的海岸线，分布着大大小小不少城市。而在我看来，拥有欣赏太平洋最美的角度和氛围的，是花莲。

/ 在路上 /

　　骑着哈雷环岛，必然会途经太平洋海岸，只有从那片宽阔的无垠之畔亲身经过，才是真的实现了对台湾这片土地做绕行注目礼的一次轮回。经历了第一天的大雨后，第二天迎来人品极佳的艳阳天。我们沿着海岸公路继续骑行，很快便接近了花莲。亲眼目睹好天气下碧海蓝天的耀目壮阔，我忍不住想呼喊：我来了，太平洋！

　　与我一样，骑士们的热情都很高涨，速度明显加快了。不消片刻，滚滚车轮就已经带着我们抵达台湾东部海岸最著名的奇观——清水断崖。

　　遗世独立的清水断崖直插入碧海，中央山脉的险峻大断层在这里终结，遥

/ 小憩片刻 /

远的大洋从这里开始。地球是最伟大的艺术家，仅仅几秒钟地壳板块运动的杰作就足以让世界惊叹。在这片浅蓝、深蓝交织相融的梦幻般的海水面前，2.5亿年不过弹指之间。断崖上的石灰岩慢慢变化成大理石，岁月变起魔术来一点儿都不露痕迹。

惊叹！除了惊叹，不知道还能做什么！无所不能的自然造物主，塑造了地球上每一种生命形态的存在，包括人类。很幸运，人类是其中唯一具备思考能力和创造能力的物种，所以，我们能以智慧的力量改变世界。比如脚下这条空中栈道般镶嵌在断崖沧海间的苏花公路，就是"天堑变通途"的凿痕印记。

清水断崖旁有一处观景平台，同样也是人类在此地留下的小作品。因为很多人来到这里都会为眼前的壮观景象感动而萌生步行至岸边亲近大海的念头。可惜，清水断崖以近乎九十度的陡峭绝壁微笑着婉拒了所有人。险绝之雄奇，隔着审美的距离，可望而不可即，喜爱却无法拥有。即便担着一份叫人敬畏的疏离，清水断崖的绝美依然让人无论看多少眼都无法忽视。于是，便有了这座峭壁上美感距离刚刚好的观景平台，以供来自世界各地的人们在此停留赏景。

我们的车队也停下来了，就算看过一百遍，在这面绝世断崖前还是值得停一停脚步。看海、吹风、闲话。只要有心，哪里都能收获人生的哲学，何况是在诞生了如此众多奇迹的东海岸。

点燃一支烟，此刻我不太想说话，只想安静地站一会儿，看一会儿。

我非常喜欢太平洋，每次看它都是不同的样子，仅仅只是上一秒和下一秒，海水的颜色就不同了，波浪的形状也不同。动态的宁静，诠释了永恒。

由于断崖延绵的地质特色，东海岸大陆架向外不远就是数百米落差的深海。浅蓝缓缓变幻成深蓝，白色浪花一波波缠绵做深色的暗流。阔绰的海水深度，迎接着一波波各色海洋生物随着洋流至此旅行短憩。尤其是大大小小的鲸鱼成了花莲最特别的来客。它们常常会和海豚做伴，出没在离海岸近在咫尺的地方。只要坐上讨海人（靠海谋生的人）的小轮，就能有缘听到这些精灵向你讲述你从未知晓的深海故事。

我曾经和内地的朋友说，如果你喜爱大海，那么每逢五六月春浓夏初，一定要去花莲和抹香鲸约会一次。它们是来自海底的神秘朋友，一辈子如果能遇上一次就是无比的幸运。所谓偶遇的浪漫，莫过于此了。

四十多年来，尤其是当演员以后的大多数时间，我都花在了影视剧的拍摄片场。空暇时间的有限几次旅行，去的最多的地方就是海边。也不知道有些喜欢的天性是否与生俱来，海洋之于我犹如地心引力，有一种强大无可抗拒的召唤，同时又是理所当然的日常生活。所以，每次来到大海的身旁，不是激动亢奋，而是平静安宁。

都说演员感性，其实我倒是个比较理性的人。平日习惯了"多闻少语"，埋下了不少心事，有机会来到海边，总要一个人静静梳理。但这个倾听者的角色，不是每片海都可以承担。东南亚赤道附近以及北部日韩等不同国度那些著名的人

寻找心里的那个少年

6

声鼎沸的海滩，太过欢愉热闹，的确可以驱逐坏情绪，但却稳不住思考。

然而，眼下的这片海不同。花莲向东一望无际的太平洋，给我一种深深的归属感，一波波雪白浪涛推着无垠的深蓝、浅蓝缓缓靠岸，就仿佛一颗心到了家。

老朋友，看着这片海，我又开始想你了！我知道，这里是你的家。你一直心心念念的海阔天空处！无论做鱼还是做鸟，在这自由的天地里，它们都过得很幸福。

男生爱到处走，去过很多地方，可每当问起他最爱的地方是哪里，永远只有一个回答：台湾的海边——东海岸，他会特别强调东海岸。别人要是打破沙锅问到底，他便会露出理所当然的挑眉表情："你见过比这里更man的海吗？"

别愕然，男生就是这样，常常会使用和别人不太一样的形容词。关于这个"man"，他解释说，是勇猛、壮烈、阳刚的意思。因为地势的关系，中央山脉在东部直插入大海，绵长海岸线上平缓的海湾寥寥可数。不仅如此，整条东部海岸线都是禁止游泳嬉水的。看似温和浪漫的沙滩，水面以下却是陡峭的深邃海沟，潮汐涨落时强大的席卷力更是绝对让人望而生畏。

这样的海，是与众不同的。它不必用旖旎风姿去向游客亲近示好，个性遗世而独立，更显出一份海的骨气与尊严。所以，男生觉得它很man，并被深深折服。当下，我站在清水断崖旁，迎面吹着呼啸的海风，我很想告诉老朋友，他说得没错，这片海的确很man，我的想法与他完全一致。

神游之际，忽然周遭一片欢声响起。我连忙打起精神，循声朝山崖下方望去，只见不远处的苏花铁路上，一辆橘红色火车正呼啸着翻山越岭而过。车友们齐齐探身行注目礼。看起来，这辆身材长长的大家伙比一溜哈雷机车更拉风。只忙着说苏花公路，差点忘了苏花铁路，它可是让整个台湾都引以为傲的铁路！尤其在长达13.5公里的断崖路段，只有和仁与崇德之间有块狭小平地可以建车站，危险程度可见一斑。我们用目光努力地追着火车跑，火车一会儿没入绿色山腹，一会儿现身碧海之上，飘忽不定，连视线都很难将其捕捉。忽然，一个奇异的念头闪过，要是此时此刻车厢里有人也在回望着我们，会不会就是他？

火车速度很快，我们拼命追着看，也没看清楚什么。车队里有一位熟悉高山部落的队友说，这一列火车是台铁速度最快的普悠玛号，"普悠玛"在排湾族语中是"回家"的意思。哦——众人一片知晓声。旅途中的科普无处不在，身为台湾人需要补课的地方其实也很多呢。

普悠玛，回家。嗯，多好的寓意啊！身在路途，不是出发，就是归途。这次从台北出发环岛，环的不仅是路程，也是时光。我在找他，他也在找我吗？

其实，我们也许都在找一条回家的路。不管有多么艰险，多么不容易。太平洋，你说是吗？

台铁渐渐远去不见了，海浪依然一波波拍打着雄壮屹立的山崖——这是太平洋的答案吗？是的，千万年来，只要你问，它就回答。

飞翔

车队一路疾驰，路过花莲海岸果冻色的七星潭海滩后，就到著名的太鲁阁了。山有水则灵，一道从险峻的中央山脉之巅奔腾直下的生命之流，直入大海，它的名字叫作立雾溪。自从魏德圣导演拍摄电影《赛德克·巴莱》后，来自立雾溪源头的头人热血与彩虹桥便成了旅人慕名而来的新图腾。

同样是追求自由天地，虽说年代、环境已然不同，车友们路过此地时同样热血汹涌。

为了向书写过无尽传奇的高山与溪水致敬，我们特意整好队形，从太鲁阁入海口大桥上缓速通过。英勇抗争的高山族人，开凿公路的台湾老兵，都是值得被永远铭记与尊敬的人。大家不约而同地神色肃穆。高耸的中央山脉巍峨仁立，以低徊的风声呜咽回应。勇敢的心，不畏任何险阻，这种精神放到什么年代都是需要被传承的，尤其是作为一名骑士。

骑士们，要对得起这个称谓，光说不练可不行，经受考验的时刻马上就到了。

在太鲁阁牌坊下忆古思今、大合影之后，大川兄带着众人暂时偏离主线公路，来到一片田野山林之间。台湾冬季气候温暖，尤其在东南部地区，所以放眼望去一片葱茏青翠。在阳光的抚摸下，溪水清清，百草温柔。

"呵！带我们来到世外桃源了！真棒呵！"修复的无线电耳麦里，听到队友们兴奋的声音。我也雀跃地四处张望，城市里住得太久，身体连同灵魂都被束缚得麻木了，太需要到这样的地方松松筋骨。

但领路的大川兄并没有停下的意思，又连续转过几个弯，带领大家来到一片愈加开阔广袤的旷野之中。这时，一个神秘的身影出现了。连绵四方绿绒地毯般的野地里，竟停着一架红色的轻翔机。绿与红的强烈色彩反差，狠狠刺激到大家的感官。"哇！哈！呜！"各种语气词同时在耳麦里响起。

伴着惊喜气氛，大川兄继续带着车队向前，很快我们又看到了一架白色的轻翔机，定睛再望，在它后方一座墨绿帅气的帐篷里面，还停着好几架呢！"酷哦！超帅！"顿时，耳麦里一片混乱，大家的心情已经沸腾了。

/ 太鲁阁彩虹桥 /

飞一个吧！比骑士还爽的，就是飞机师了！立刻脑补《珍珠港》里面雷夫和丹尼炫酷地交叉对开飞行，机翼划过碧空，两道长长的白色航迹云精准交织又倏然分开，简直漂亮极了！

　　有胆量的尽管试试吧！飞轻翔机感受的就是冲上云霄的激情！招待我们的祥哥热情地介绍，大家所看到的轻翔机都是喜欢飞行的朋友们存放在这里的私人飞机。他们爱飞机，和我们爱哈雷一样，已经成为生活中不可或缺的组成部分。不过，飞机不比机车，在城市当中不方便停泊。所以，大家就以会员制的模式集中安放在这个靠近花莲隐世桃源般的小型机场里。祥哥告诉我们，那架耀眼的红色飞机，是他自己的。今天特意把它开出帐篷，停放在起飞跑道区域，就是为了请大家亲身试飞体验一下。

　　"真的可以吗？"见到我跃跃欲试的眼神，祥哥做了个"please"的手势。

　　在车友们的一片高喊鼓励下，我大步走向驾驶员的位置。坐过无数次民航，也接触过其他小型飞机，可轻翔机还是第一次！轻翔机的机舱很迷你，只有两个驾驶位，座椅居然还是凌空的。我越走近越没那么笃定，心里开始打起鼓来。

/ 轻翔机基地

"勇士！勇士！勇士！"大家发现我的犹豫，不约而同地一起喊起了口号。太鲁阁的精神标语从大家的喊声里传递到我的心里。此刻，到了真正考验自己的时候了，绝不能退缩。我比了一个胜利的"V"字，和祥哥一起启动了飞机。滑行、加速，滑行、加速，机头渐渐朝上仰起，草地迅速从身下退后，轻翔机的速度越来越快，最后终于完全离开地面，直冲云霄。

/ 轻翔机基地 /

/ 轻翔机基地 /

哇塞！飞起来了！真的飞起来了！除了简单的音节，一时之间真的已经发不出其他声音了。脱离地面的感觉太棒了，就像是一只鸟，要尽情地融化在蓝天里，去肆意拥抱无尽的广阔天空。我看到，田野那头望不见的地方是大海，碧蓝碧蓝的，与晴朗的天空连成一体。我已经惊叹到完全忘记了紧张，恨不能分分秒秒不眨眼地记住四周的一切。

　　上一回这么亲密地接近蓝天，还是在空军服兵役的时候。不过驾驶舱是封闭的，和轻翔机完全融于自然的感觉非常不同。而且作为普通服役士兵，其实我们飞行的机会非常少。我的班长知道我喜欢蓝天，偷偷带我去停机仓看过飞机。那个时候，能够轻轻抚摸着机身，闭上眼畅想一会儿，就是奢侈的享受了。

　　没想到，多年后的这一刻，我居然亲自驾驶飞机飞上了蓝天。没来得及继续感动，祥哥忽然来了个高空俯冲。"哇塞！"我从没发现自己的语言表达竟能贫乏至此，还是只会这两个字。数秒钟时间，我们就从高空俯冲至距离地面仅数米的地方，机腹几乎要碰触到入海口的河流。"别紧张，带你看点不一样的东西。"祥哥操纵飞机紧贴着河床飞行，宽阔的河床离我们很近很近，水波清浅泛着银光，鹅卵石像宝石一样点缀其间，栖息在上面的白色海鸟被机翼惊起，扑棱着翅膀向太平洋方向飞去。

　　这景象简直太迷人了！我的专业病犯了，恨不能立刻能变出一台摄像机捕捉刹那的美好。大广角、俯拍、慢镜，每个景都不能少。那一刻，我无比地想要和我的那位老朋友分享此时此刻的心情。我知道，他服兵役时也是空军，他也和我一样喜爱飞机。

　　"我在空军司令部的金笙奖歌唱比赛里得了第一，获得评审长官的格外青睐哦！"不过他向我描述过在军营里面最开心的事是唱歌，不是飞行。参加比赛的历程，他记得非常清楚。在入伍五个多月的时候，他就被派去参加对内金笙奖初赛，虽然因为临阵更换曲目影响发挥，还是勇夺士兵组第一名，随后代表联队参加司令部的金笙奖大赛，并一举夺魁。长官钦点要他做代表参加空军总部的比赛。男生说虽然自己不喜欢背负着压力去唱歌，但责任到了身上还是要全力以赴。最终，他在比赛中名列第四，获得最佳歌手的称号。他对自己的成绩并不满足，第二年再次参加金笙奖，更用心地积极备战，通过重重关卡激烈竞争，终于赢得了"全空军第一歌手"的称号，并继续挺进"国防部"的歌唱比赛，杀入前十。两年军旅生涯，两次金筝奖歌唱比赛成为他最光荣而美丽的回忆。他在描述这些荣誉的时候，双眼闪闪发光，就和当年刚与唱片公司签约时的表情一样。

我知道，在他心里，音乐就是那片广阔的蓝天。他做梦都想成为一只振翅翱翔的鸟，驰骋天地、无拘无束。所以，就算入伍中断了他的歌唱事业，他依然不愿放弃心中最美好的理想。

此刻，我的飞翔梦想成真了！轻翔机载着我真真切切翱翔在蓝天里了！我多想告诉他，告诉全世界：只要怀着梦想不放弃，总有一天会实现的。我张开双臂，抱着风，如同抱着他，抱着梦想，结结实实、真真切切、满怀欣喜。

美妙的时间，总是太容易飞逝而去。我与蓝天的亲密接触很快就结束了，祥哥驾着飞机稳稳地降落，我觉得整个人被莫名的力量充实了，难以言喻。车友们纷纷上前来询问感受，我第一句话是，你们都去试试吧！第二句话是，真的都去试试吧！飞了一次，连话也不会说了，千言万语都在嘴边，但一时间竟不知道该怎么表达。

梦想需要亲身去体验和感受，它和风一样，无法用他人的描述来界定和捕捉。

祥哥见状，笑了，走过来补上一句，"是的，大家都来试试吧！"车友们也笑了，"好，我们都来试试！"

猎人学校

一上午翱翔驰骋在高山沧海之间，肚子饿得比平常快。从轻翔机基地出发后，大伙儿腹中咕噜噜的呼声简直响得要赛过哈雷的引擎。

我在剧组拍戏时，经常没有胃口。每天大量台词和戏份，占用了几乎全部的脑细胞，实在没空去考虑肚子的要求。这会儿，居然难得地为吃饭牵肠挂肚起来。饿的感觉，原来能这么强烈、这么迫切。人如果可以简单到只考虑一顿饭要吃些什么，有时真不失为一种幸福。

/ 猎人学校 /

感谢大川兄的安排，我们今天的午餐非常特别。离开海边的轻翔机基地，寻山麓小径上行，来到青翠茂林中一座安静的小山庄。山庄中的建筑皆以原木搭建而成，散发着原生态的气息。墙体手工彩绘则用色大胆，将蓝天中的飞鸟、大海中的鱼群以及成片的椰子树与捕猎劳作的人们画在一起，仿佛世界就是个大乐园。一个椰子壳做的小灯挂在墙边，镂空雕了笑颜弯弯，童真可爱。

"同学们好！"骑士们还在四下打量，一对原住民打扮的英姿飒爽的青年男女从山庄里迎了出来。原来这里是水琏部落阿美族的猎人学校，两位正是接待我们这批新学员的教导老师。早上还在留恋校园生活，马上就时光重演了。真是太久没有被唤作"同学"了，大家对于自己的新身份很感兴趣，兴致勃勃地跟着老师们走进山庄之中。

老师说："吃饱肚子，是好好学习的动力！"所以，学员们的第一个任务，就是集体去食堂用午餐。这个任务可谓大快人心，大家立刻争先恐后地奔赴食堂。

待走到近前，眼前所见景象又让大家大大惊叹了一番。所谓食堂，就是大树浓荫下的一张朴素长木桩大餐桌，幕天席地，野花环伺。再看桌上摆放之物，饭碗是椰子壳，碟盘是新鲜阔叶，筷子和汤勺一律用植物茎叶加工而成。菜肴就更特别了，山猪肉片，炭火烤鱼，还有各色叫不上名字的野菜和配料丰富的精力汤……

猎人学校野趣午餐

很多食材都是城市里来的骑士们从未见过的，众人一面啧啧感叹，一面忙不迭地拿起碗筷开动起来。由于座椅数量有限，骑士们只好或坐或站，但这都不妨碍大家的筷子雨点般落向一道道美味，甚至有人为了能伸长手臂夹到桌子那一头的菜而特意站起来把座位让给别人，那番群情激昂的饕餮场面再没有比"风卷残云"四个字来形容更恰当了。

　　山庄的饭是用绿叶裹着糯米蒸出来的，非常清香可口。大家忍不住比平日多吃了一些，不料下肚后沉甸甸地极有分量，饱到令人连连打嗝。老师们适时地端来部落族人手工酿的清米酒，供大家小饮消食。浅酌两口，味道极佳，骑士们感叹着"日出而作，日落而息的山人之乐"大约就在午后的这杯酒中，很快人便进入一种微醺的满足里。

　　不过，老师们可不会容许学员沉醉到荒废学业。刚开始进入山庄时人家就说过了，吃饱饭是为了学习更有动力。午饭后休息片刻，猎人学校就开始正式教学。

　　台湾有许多高山部落，少数民族同胞在山林间谋生，没有一些手艺傍身可不行。阿美猎人学校的教学内容就是传授大家最基本的野外生存技巧。

　　第一，就地取材用阔叶做水勺；第二，在山路上搭建陷阱捉鸟雀；第三，钻木取火点燃木柴……这些技巧听起来简单，做起来可不那么容易。尤其是设计陷

/ 猎人学校 /

/ 猎人学校 /

阱捕鸟，虽然工具只是就地取材，用了小木条和棉绳，但套结和布阵的细节非常讲究。如果没有老师们细心授业解惑，普通人可找不到那么多窍门。

老师们一项项耐心地教，学生们认真地学。都是最原始基本的求生术，看似在现代生活中毫无用处，但谁又能保证一辈子都用不上呢？技多不压身，我学得乐滋滋。演员的职业，多年来已经让我养成学习的习惯。随时随地，找机会学习新东西。或许有朝一日，就能在角色里呈现出来。

回顾以往的经历，猎人我没有演过，倒是演过野人。在前辈的提携下刚进入演艺圈不久，我和另外几个新人一起在电视台综艺节目里扮演野人。毛皮裙野性又帅气，就是布料有点少。我非常清晰地记得，自己扮成野人模样走在电视台走廊上，微微尴尬里带着一点暗爽的心情。如果现场有摄像机的话，一定会拍到我走路时微扬起下巴的角度。这时，有个刚下了节目的年轻艺人朝着我们大步走来，不知道是不是我的造型吸引了他，他朝我看了一眼；同一时间我也看了他一眼。他很帅，眼神深邃。我们没有交谈，甚至没有停下脚步，就这样继续走着自己的路，擦肩而过。

可是进入演播室没多久，我又看见了他，他在经纪人的陪同下折返回来，坐在台下看完了我们整场节目的录制。全程依然没有互动交谈，但我知道他一直非常认真地在看。隔了许多年后，我在影院看到他的巨幅海报时偶然还会想起这件旧事。他的名字，叫金城武。那些年，也是一个同我一样年轻的艺人。

艺人、野人、猎人，想想看，本质都是一样的。必须练就一身本领，才能在残酷的现实环境里生存下去。不论后面的路能走多长多远，我们都曾经

寻找心里的那个少年

努力地学习过基本技能。相信金城武留在演播室看我们录节目时的心情，大抵也是如此。世界很小，世界又很大。小到跨越千山万水会相遇，大到面对面也无缘相识。我在后来的演员生涯里，演过很多电视剧，也演过不少电影，与梁家辉、赵薇等影帝影后都合作过，就是再也没有遇见过金城武。

阿美猎人学校的老师询问大家："都学会了吗？学会后就能成为一名猎人喽！"车友阿豪正跟一根木头憋着劲，努力地在修炼钻木取火的神功；品客夫妇则在研究怎么搭陷阱捕鸟，老公耍了点小聪明，逗得太太哈哈直乐，好像只有我又神游到另一个世界里面去了。熟悉的朋友知道思维跳跃是我的一贯特色，如果我沉默不语，一定是在想事。男生搜搜的声音在耳畔响起："没想到你和金城武遇到过，以前怎么没告诉过我？我都和你说了任贤齐的事，不公平哦！"

是啊，他遇见过任贤齐。他签约滚石唱片宣传新专辑的时候，在公司见到刚退伍的任贤齐，任贤齐热情恭敬地走过来和男生握手打招呼。作为滚石全力打造的新星，公司当时对他非常重视。不过，他本人倒完全没有想去和其他人做比较，忽然见到任贤齐时，心里所有的感觉都是惊喜。说起来，他与任贤齐颇有渊源。他们同读台湾文化大学，任贤齐是学长，他是学弟，任贤齐在体育系，他在政治系。

除此之外，他们还同在台北很著名的敦煌乐器打工。"因为我们都爱音乐，所以兜来转去总是会遇见！"他谈起任贤齐时的表情，兴奋又单纯。谁也没想到，短短十天之后，他就收到了入伍通知，他的音乐生涯在那里中断；而任贤齐的音乐生涯则从那里起步，直到红遍亚洲歌坛。

猎人学会了生存技能，必须自己去闯荡世界。每一个成功者都必然要经历坎坷、挫败、重重困境。努力者不一定很成功，成功者却一定很努力。尽管人生有许多不期而遇，许多峰回路转。只要尽力了，就不会后悔。重点是，彼此都成了一个真正的猎人。曾经擦肩错过，曾经美好相遇。

水琏部落午后的阳光特别温暖，晒得回忆都升高了温度。我在这里学会了许多新东西，赶紧将它们趁热收藏起来，放在心房深处，妥妥的。一顶树叶编制的勇士之冠被我一路带回台北。这些都是宝藏，留在时光的河里越长久就越闪亮。

但愿人长久

告别了热情的阿美老师，车队一行直奔长虹桥出海口静浦部落。今天安排的行驶路程不长，大家有足够的时间与东海岸亲密相处。队长颇有意味地看看我，我明白他是特意帮我安排的。因为我告诉过他，我要找的老朋友最喜欢待在海阔天空处，所以沿着海岸线的每一个地方，都想尽可能细细走过。

水琏部落靠山，静浦部落靠海。汉子们都晒得黝黑发亮，尤其是一双常年划桨的膀子，结实浑圆，裸露着的肌肉每一块都涨满了力量。车友们借了皮划艇，感受静浦族人捕鱼出海的感受。只是在长虹桥近端小小划了个来回，个个都忙不迭甩动酸痛的双臂，比起骑行哈雷，划船显然费力多了。静浦汉子们在一旁憨厚爽朗地笑，没有嘲讽的意思，更多的是对于我们愿意体验融入他们生

/ 在路上 /

/ 水璉部落 /

活的一种开心。

上天、下海、进山，这一天真是足够充实与惊喜！大家流连于此，不舍离去。附近巴哥浪船屋前的海滩可以露营，立刻赢得骑士们的一致青睐。麦哥是我们此行中最年长的骑士，一身全黑皮衣、皮裤加头巾，帅得不行。他在露营方面可以称得上行家，每逢闲暇都会带着全家去深山幽林间露营度假。决定扎营巴哥浪后，他立刻就开始动手搭建帐篷。

我平时很少有机会出游，搭帐篷更是少之又少。一堆长短杆子和尼龙布面堆在面前，不免手忙脚乱。负责车队压阵的卡尔，休息时依然细心地关注每一个队友的状况，第一个跑过来帮忙。平时常常笑而不语、慢条斯理的他，此刻竟然身手矫健又麻利。很快，迅速完成任务的麦哥也走了过来。男人之间的友情，往往不靠言语来表达。看着两个人没有一句废话直接动手干活，瞬间竟感动到不行。

/ 巴哥浪船屋露营 /

我常自嘲是个游牧之人，天南海北地拍戏，一个人，就是全副家当。从一个剧组到另一个剧组，永远在陌生与熟悉之间轮回着、漂泊着。一旦遇到困难，不用想太多，因为必须由你自己去扛。并非没有人愿意相助，而是你要时刻有"靠自己"的心理准备。这样的心态，才能不让如影随形的孤独有机会侵蚀你的灵魂。

都说演员是名利双收的职业，我不否认。但唯有亲身来到名利的巨大峰峦面前时，你才能体会到阵阵如雷的喝彩、赞美声混合着排山倒海的嘲讽、谩骂声，那究竟是一种什么样的魔幻般的感受？你逐渐被周遭的东西裹挟着前进，失去自主的能力；想退后，不行；想逃离，更不行。很少有人能真正关心你的感受，不管你是否已经筋疲力尽，世界只是自顾自地喧哗、热闹着。

现代社会生活压力巨大，职场上的尔虞我诈天天在上演，与演艺圈并无二致。许多人戴着面具嬉皮笑脸，唯独不敢面对伤感、受挫的内心，渐渐沦为外向的孤独症患者。

孤独是自由的朋友，我选择一个人走路时，早就知道这件事。但仍希望，能拥有几个除它以外的朋友，不需要很多，只求真正能够交心。它们能使我完整，成为一个更好的自己。

钻进搭好的帐篷里，暮色笼罩下来，四野渐渐一片暗寂。

我躺倒在地垫上，放空自己。土地与我之间的距离从未如此亲近，隔着垫子也能感受到它的肌理。靠近头的方向略低，靠近脚的方向略高，中间还有些微微凸起。每一片土地都不同，又都相似。抱怨地势不平，还是赞美道路起伏，不一样的际遇经历都在于赶路人的心态。想想自己的路，先苦后甜，好像吃甘蔗一般，非常知足。再一次想要感恩，感恩那些曾经在沿途提携帮忙的人，就如帮我搭帐篷的两位队友。很多事在他们看来也许就是举手之劳，对于我却意义非凡。

月到中天，满世界光华。白昼里湛蓝的海洋变成了一望无边的碎银翻涌。海浪一波接着一波漫上岸来，又一波一波透沥过砂石礁岸退回去，"沙沙"的潮声如同低沉的乐器。

骑士们从各自的帐篷钻出来，心照不宣，搬出桌椅、烤炉、咖啡壶，还有几颗期待吹着海风晒月亮的心。

卡尔带了一套手磨咖啡的工具，一边耐心细致地研磨咖啡豆，一边用小炉子生木炭加热牛奶。最奢侈的优雅，是享用时间。我看着炉沿上袅袅升腾的热气，

嗅着混合着海洋气味淡淡温润的牛奶香，觉得这一刻便是完美了！唯有美妙的时间，才配得上"享用"这两个字。能把生活过得充实的人很多，能把充实的生活过得精致的人不多。忙忙碌碌的人生长河里，有质量而你自己又喜欢的时刻，屈指可数。

"随便聊点什么吧，比如家人、朋友……"车友提议，正合我的心思，也正合这样的气氛。大家轮流讲述，没有惊天动地的话题，都是一些日常的小事。高兴也好，烦恼也好，相聚也好，分离也好。该我说了，周遭目光变得有些期待。在圈外人看来，演员的经历应该比较丰富多姿吧。

我望着头顶无比明朗的月亮，沉默了片刻，说起一个人在外面闯荡的时候，最怕过节，比如中秋。剧组给大家送圆饼，思念更浓稠。与朝九晚五的上班族比起来，拍戏的人把太多时间给了故事里的亲人朋友，给真正的亲人朋友的时间少之又少。所以，我特别珍惜回到自己生活里的每一分每一秒，想抓紧时间尽全力去爱他们。

"不过，我这个人实在不善表达，有时甚至反而会把事情搞砸。"

"不会，只要是真心的，就算当时不能理解，懂你的终究还是会懂你！"

我点点头，车友这句话说到了我的心坎里。

演员和所有人一样，也是普通人，也有平凡的烦恼。某些舆论说，片酬买断的不仅是肖像权，还有隐私权。身在演艺圈，就要有公开自我娱乐大众的精神。对于此，我实在不能认同。我的戏剧世界，是属于大众的；但我的个人世界，是属于自己的。内在心灵的门，我只能对家人与朋友打开。

说到这里，不由想起一群非常特别的朋友，他们是我当演员最大的收获，永远像避风港一样安稳、温暖的存在，就是我的粉丝。无条件的支持、信任和理解，甚至连亲朋好友都无法做到的事情，他们都做到了。每公映一部作品时，他们看得比我自己还仔细；每收获一份荣誉时，他们比我自己还激动和喜悦；每遭受一次挫折时，他们比我自己更难过、郁闷。欢乐传递出去，会生成更多的欢乐；悲伤分担出去，会慢慢化作无形。

在剧组赶戏最累的时候，他们结伴来看我，近乎透支的体力和精神都会重新充电满格。我不善表达，唯有尽可能地予以关照问候，幸而我的粉丝、家人们都懂我，就算不说话只安静地陪伴着，彼此的心意也能互相传达。比起我的内向来，他们总是更勇敢、大胆。

台湾粉丝团的小女生们曾一起穿着白色婚纱大喊着要嫁给我，那样浪漫动情的场面，只要此生能够拥有过已是无限满足。而我也非常明白，个中深情太过珍贵，无法强求，所以，多年来总是欢笑迎送，不论相伴长短，都会珍惜并感谢曾经共同走过的那段美好时光。

说到友情，也是同样的道理。人生如旅程，我们在途中相遇，同行时间有限；或许彼此认同对方身上的闪光点却来不及去磨合那些扎人的棱刺，就已经到了分别时刻。所以，让我们永远记住共同度过的难忘时光，忘记所有的伤心和不快，要把最美好、最简单的情感保存进回忆的匣子里，待白发苍苍时再坐在摇椅里慢慢回味。

夜色深了，潮水退得更远一些。聊天的骑士们，唏嘘着，感慨着，心靠得更近了。剧组的灯光师开玩笑说，只要有了大灯，黑夜立刻能变成白昼。此刻温暖的交心，比大灯还灿烂，照亮了那一片海边的世界。

回到帐篷后，我很快就沉入梦乡，有些安心，有些温暖。那一刻，就仿佛在家中自己的大床上，黑甜世界，连梦都不做。

"我知道，我的家人、朋友们，你们在守护着我，我也愿竭尽所能来守护你们。希望在有生之年的日子里，你们每一个人都能平安、幸福、快乐。"

海上明月为证：但愿人长久，千里共婵娟。

/ 北回归线 /

喂，喂，你真的连梦也不做了？

呃……呼……

帐篷又冷又硬，有那么好睡吗？

好睡啊……啊！是你，你在哪里？

不是说了在前面等你吗？

……

可是看起来你今天过得好充实、好开心，都已经忘记要找的人了吧？

哪有！

别想掩饰哦！

你到底在哪里？

每天都问这句话会不会太没有创意？寄居蟹咧？！

寄居蟹……

看看，忘记了吧？

这个……这个真的忘记了。

呵，忘了也好！

别这样子嘛！

我没在说反话啦，忘了好，真的。

对不起，对不起，我明天一定去找，别这么小气嘛！

那明天再说吧！

喂！喂！喂……

Day3 丰滨—满州

骑行路线：静浦部落→三仙台比西里岸阿美部落→东河包子→后山传奇→
　　　　　南回公路→满州渔港

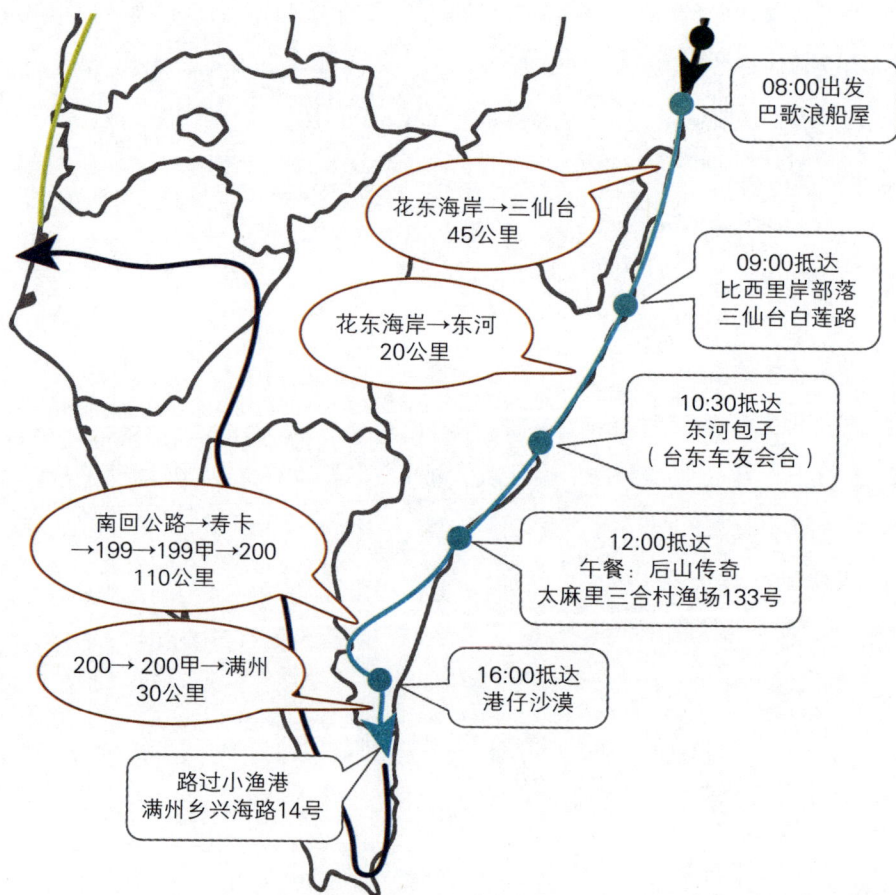

08:00出发
巴歌浪船屋

花东海岸→三仙台
45公里

09:00抵达
比西里岸部落
三仙台白莲路

花东海岸→东河
20公里

10:30抵达
东河包子
（台东车友会合）

南回公路→寿卡
→199→199甲→200
110公里

12:00抵达
午餐：后山传奇
太麻里三合村渔场133号

200→200甲→满州
30公里

16:00抵达
港仔沙漠

路过小渔港
满州乡兴海路14号

半个小时

　　人睡着后，知觉全无，喜怒哀乐都放下，好像到了另外一个世界。恬静、安全、纯净，没有任何打搅。赶戏的时候，我几乎每天都睡不饱，能有五六个小时睡眠时间已经很不错了。我常常在想，若是能一觉睡到自然醒，简直是莫大的享受。我在海边露营的帐篷里，隔着薄薄尼龙布，头枕涛声沉沉安睡后，正是这样期盼着。

　　不过，威廉·格纳奇诺说过，命运从不敲门，也不询问，它破门而入。

　　闯入我梦中世界的，是一场暴雨。凌晨时分，帐篷外面忽然有响声惊动了我，一下、两下、三下……"砰砰砰"像鼓点，而且越来越稠密。我渐渐明白过来，是天上下雨了。由于帐篷的尼龙布绷得很紧，所以雨点落在上面发出的声音特别大。这种催促比任何闹钟都猛烈多了，而且你绝对别想一伸手就将它按停。我辗转反复捂着耳朵，试图在梦乡多停留一刻。雨声越来越响，伴着猛烈的风声，很快演变成一场气势磅礴的交响乐。

　　作为听众，我不得不振奋精神从睡袋里爬起来，一边无奈地被迫倾听、欣赏，一边四下里检查帐篷会不会漏雨。

　　"野地里风吹得凶，无视于人的苦痛，仿佛要把一切全掏空，往事虽已尘封，然而那旧日烟花，恍如今夜霓虹。"不知怎么就想起了林忆莲的一首老歌。就像歌词写的那样，宿命总是不由人，过去与当下其实和前世今生没有什么区别，你曾经在往昔错过的东西，永远无法回到那个时空重来一次。

　　我从老歌联想到这次环岛的目的，整个人完全清醒了。既然睡不着，不如就看看外面的雨中风景吧。

　　在门边拉开一条缝隙，风便裹着雨丝一起往帐篷里涌来，湿漉漉的视野里我看到了前方麦哥的帐篷。昨夜分明是漫天星光，他偏说海边多雨，坚持要把帐篷安在离海岸稍远一些的树下，还不嫌麻烦地在帐篷之外支起一个天顶。现在看

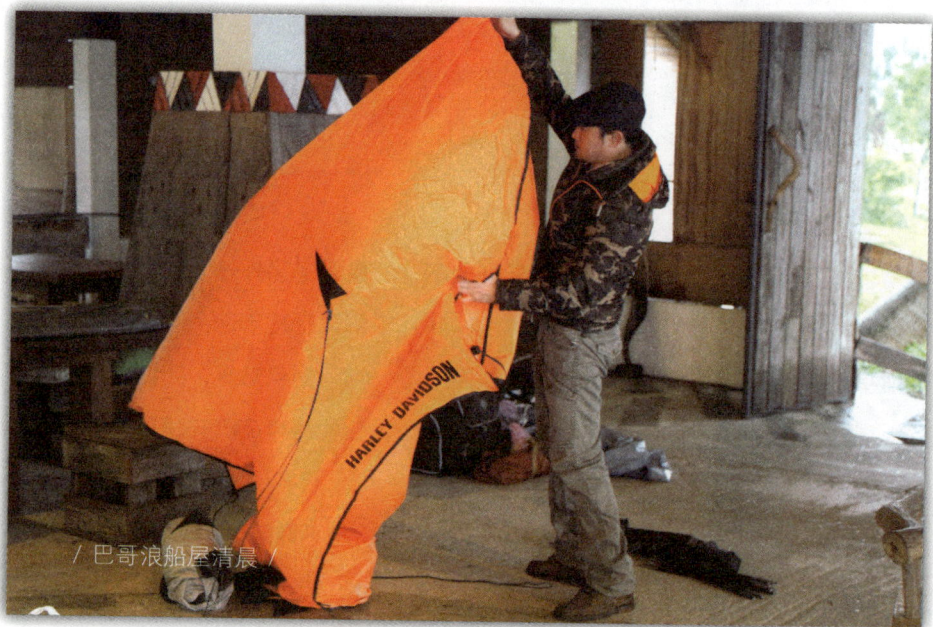

/ 巴哥浪船屋清晨 /

来，真是有先见之明啊，姜果然是老的辣！视线再转到另一边，我看到阿豪的帐篷。他虽然没有拉起天顶，但他的帐篷看起来比麦哥的更豪华，面积是一般帐篷的两倍大小，除了自己睡的内帐，居然还为心爱的哈雷机车留了一个外帐作为"房间"。所以，他的车此刻也能居于室内避过风雨。

比较起来，我的安身之所显得有点简陋！不过，陋室也能蔽身，足矣。灰蒙蒙的坏天气吞噬了海天的蓝色，但我的心情却比刚才闷在帐篷里时畅快了许多。看着外面满世界一片混沌，听着雨点稠密地打在篷布上，我坐在下面，感受着它的震颤，觉得这些雨水就像冲刷在我心上，自己由里到外很久都没有这样清澈过了。

天还没亮透，我看了一下时间，清晨五点。离我调好的闹钟五点半，还差半个小时。半个小时？这么巧……

一个视频回放的画面亮起，是我演戏的片段。我坐在屏幕后侧方一张简易的床沿上，认真地审视着小框里的自己。"喂，你怎么醒了？干吗不多睡一会儿？"剪辑师扭头看我。他头发乱糟糟，眼睛发红，一手滑动鼠标，一手捧着黑咖啡。我笑笑，指指机房外面的摄影棚，又指指房里的挂钟。"哎哟，你的生物钟可真准，说睡两个半小时就两个半小时，我要是你，一定倒头睡死……"我走到他身边，不避讳地拿过杯子混了两口咖啡吃。清冽的苦味充斥着口腔，真提神啊，脑袋里马上雨刮器般"轰"一下自动清除了雾蒙蒙的困意。

"几天没回家了？"

"四天。"

"我三天了。"

剪辑师揉了揉脑袋，头发更像草堆了。"没想到你比我还能熬啊！好不容易给你三个小时休息，干吗提早半个小时起来？"我盯着视频，"因为我要检查一下自己的功课啊！"视频里回放的是大约半天前拍摄的画面，一边拍一边看一边调整表演的状态，这种学习的机会不是每个演员都能有的。夜以继日在片场赶工，诚然辛苦，但我也因此有所收获。

与现在的年轻演员比起来，我初入行时签约电视台，一拍就是几百集的长剧，几天几夜没休息是家常便饭，非常熬人，但磨炼演技形成个人风格也就是在那段时间。当一个人像海绵一样不停在吸收，是感觉不到苦的。"我不用对着镜子练表情，而是随时看回放哦！"每天两三个小时在剪辑师房间蹭睡，回忆起来充满了幸福感。兄弟们各司其职，共同为一个目标而努力着，那种团队的激情让人激动亢奋。

不过，早起半个小时的秘密，我一直没完全告诉剪辑师，想卖个小关子玩点神秘感。大家猜测我应该是利用这段时间整理一下仪表，用现在流行的话说，就是把偶像包袱捡一捡。呵，其实也没猜错。记得有一次，我刚睡醒就被拉去拍戏，后来看成片时发现自己整个状态都是懵的，表情奇怪不说，尤其眼神特别不对劲，前后都快不连戏了。自那次之后，我就坚决避免类似的情况发生。在片场能不睡就不睡，实在熬不住眯一会，一定会请人提前半个小时叫醒我。这样，我便能有时间预先调整好自己。

还有更紧张的时候，手上的拍摄计划表还没有完成，下一张就已经来了。剧组必须连轴转，谁都不能合眼休息。疲惫到极点的我，就会在片场做伏地挺身，鼓起更高昂的情绪来抵抗困倦。"再坚持一下，就能小睡喽，这次我要多睡半个小时！"同事们听到这番宣言，苦瓜脸顿时就变成了笑脸，说我是无可救药的乐

/ 巴哥浪船屋清晨 /

观主义者。

半个小时，就这样成了我的一个习惯。后来，从电视台出来，到更多地方拍戏，我也一直保持着这个习惯，比如提前半个小时化妆候场。有准备，更笃定，才能经受住更多不确定因素的考验。毕竟，生活不是戏剧，不能卡掉重来。

老天爷真是最好的编剧大师，给我忆苦思甜的时间恰恰也是半个小时。不知不觉，海边的雨就停歇了，天也泛起了鱼肚白。

我钻出帐篷，长长地深吸一口气。海边清晨湿润新鲜的灵性，完完全全被纳入身体内。雾蒙蒙的田野里，一头黄牛"哞"地大叫了一声，惊起一群白鹭扑闪翅膀朝山里飞。这位大哥看来在修炼神功，气势不凡。我吹响口哨与它遥遥打了个招呼。

看到雨停了，队友们也都陆续起来了。卡尔关心地问我有没有睡好，我说被大雨催醒前一直沉睡安眠，睡得很舒服。反倒是阿豪在一旁挂着苦瓜脸，说自己的帐篷虽然够大够豪华，但昨晚外帐跑进一只避雨的野狗折腾了半宿，害得他整夜睡睡醒醒几乎失眠。此言一出，大家乐得直笑。看吧，任何事物都未必像表面看起来那样。

麦哥不与大家闲话，麻利地收起帐篷到巴哥浪船屋下晾着。因为有天顶的保护，他的帐篷只有微潮，但他依然最认真地照顾它们。麦哥说，不及时晾干的话，帐篷容易黏住发霉受损。听吧，这才是真正热爱户外露营人说出的话啊！

在路上，我们每个人都有自己在乎的风景、人和事，也都有别人无法取代的亲身感受。忽然而至的大雨让大家醒来的时间提前了，这可忙坏了巴哥浪船屋的年轻服务生小哥。他应该还是个学生，像是假期里来度假屋帮忙的，行为举止很是青涩腼腆。看着一群人围坐在餐桌前，小哥有点紧张起来。他努力用最快的速度一份份地做着早餐，再一份份端过来给大家，口中不停重复着抱歉，说早餐全部完成估计要半个小时，还请各位稍等。

又是半个小时？呵，不急的，人生有太多半个小时，何况在这么美好的清晨，正是值得浪费光阴之时。

慢慢来，慢慢来好了……

比西里岸

晨雨过后，空气特别清新湿润。夜里半梦半醒间那隐隐约约的对话也愈加清晰起来。一天的行程已经过去，寻人还没有进展。今日忽然觉得有了新的线索："我……那个……要找一下寄居蟹……"但是，这个要求连自己都觉得太离谱，不好意思说出口。庆幸的是，在台北出发前与大川兄商量制定的骑行路线，始终亲密地贴着东海岸，为实现这个荒谬想法提供了可能性。

于是，我抱着希望出发了。

穿过巴哥浪船屋前的海岸湿地，哈雷钢铁车轮卷着雨后的泥水，再度开上沿海公路。"今天的第一站是哪里？"车友在对讲机里问。大川兄的声音响起："三仙台阿美部落"。

三仙台是台湾东部海岸一处非常有名的风景。八座彩虹般的连绵拱桥，从海岸跨过一座黑褐色火山岩

/ 在路上 /

/ 三仙台 /

岛屿，每一座拱桥都如神仙迈出的一大步。

这个地方对我和老朋友来说，颇有渊源。起初的时候，是男生向我推荐了三仙台。他一贯标新立异，不走寻常路。能让他念念不忘的地方，必定有特别之处。他说三仙台矗立在风口浪尖上，地势险要，往桥上走一走就能平添豪迈。听了他的推荐，我特意前往体验。

那是一个夏天，海风大得骇人，吹得爬桥之人摇摇欲坠。我好不容易才扶着栏杆攀爬到八座拱桥中央的位置。没想到，风力忽然又加大了，简直有向台风靠拢之势，我赶忙扶着栏杆蹲下才得以站稳，真是陷入了进退维谷的局面。"你这

家伙！实在太可恶！"那一刻我真的很想骂人，因为男生曾经煞有介事地慎重嘱咐过，如果想要感受三仙台的魅力，四季之中一定要选夏天去，夏天再适合不过了。等真的去了以后才知道，选什么夏天啊？夏天海风最大，你是想害人家被台风刮走吗？还是自己想要飞到天上去当气球……

当时我一面埋怨男生的恶作剧，一面冒着被大风吹落汪洋的危险，一步步慢慢朝海岸方向挪行回去。然而，就在那一刻，我见到飓风吹开天上厚厚的云层，阳光从缝隙里射下数道光柱。那种景象，此生未见。海天顷刻化作一个大舞台，一场磅礴大戏拉开了序幕。

在海风的伴奏和日光的渲染下，三仙台的拱桥、巨浪、小岛，还有那些形状奇怪的海蚀沟、壶穴、凹壁……鬼斧神工的自然奇景，都在这神奇的氛围里成了剧中人。洋流涌动在它们四周，溅起几米高的巨浪，又在瞬间脆裂成为万千碎金。仿佛它们正高声念着台词，激烈昂扬。

"怎么样，没骗你吧！我知道你一定会喜欢的！"这句话是我代替他说给自己听的。是的，我终于明白男生为什么说三仙台是一个特别的地方！真是太震撼了！我非常喜欢！他太了解我了！

相隔多年，这次我又要故地重游了。车队在三仙台北侧的比西里岸阿美族部落停下，遥遥就能望见那个神奇的地方。近乡情怯，我也有类似的感觉。直觉告诉我，老朋友不在这里，但他一定待过很久，在某一个夏天的雨后。

你知道吗，关于三仙台，我也有话要对你说。

三仙台源自古代传奇的蓬莱八仙的故事，我演过里面的一位哦！四世轮回得道成仙，故事十分有意思。拍摄地在中国东部沿海的蓬莱长岛，无垠的海岸边巨石嶙峋，与三仙台的景色有些相似。而且拍摄期恰好也是在夏天，我们剧组每天一早起来坐轮渡去与世隔绝的岛上"做神仙"，温度、湿度还有烈烈海风和你喜欢的三仙台都很像。对照之下，皆是机缘。你这个好奇宝宝一定很想知道我演的是哪一位仙家，我等你亲口来问。到时候，我也可以推荐你去蓬莱怎么玩。

我停好哈雷机车，一个人爬上大堤，在海潮边流连、寻觅。

老朋友，你要我找的寄居蟹会住在这里吗？大堤下有一排石柱，潮水退去，能见到牡蛎、贝类等海生物留下斑斑点点的生命迹象，但不见寄居蟹的踪影。这种地势，找一个小小的寄居蟹和大海捞针没什么区别。老朋友不会又是在玩我吧？一头木枝搭造而成的巨大羚羊挡在我的前路，骄傲地扬着长长的犄角。难道，这是在提醒我，不要白费力气再往前走的意思吗？

我还是在胡思乱想，队友隔着老远招呼我去部落木楼里喝咖啡，听说这里的古早咖啡味道纯正。"古早"是传统、历史悠久的意思。台北也有很多店在贩卖，在人们心里老的原生态的生活方式是最值得被珍爱的。快步爬上二楼，宽敞的凉亭直接能望见大海。这个角度将整片海滩都看得十分清楚，除了拦路的大羊，堤坝上还有一群小羊，原木彩绘，或远或近，姿态各异地散落伫立，粗略一数足有上百头！

看起来，它们应该是比西里岸的吉祥物。热腾腾的古早咖啡来了，抿一口，嗯，香浓醇厚，非常不错。羊年遇羊，是吉兆，心情暖洋洋地好起来了。

队长请来当地少数民族给我们讲比西里岸的来源，阿美语译成汉语，比西里岸是"放羊的地方"。传说很久以前，住在这里的人们把羊养在三仙台的小小离岛上。凭借潮汐涨落的天然屏障，离岛被隔开成一座天然的牧场。羊儿在那里生活，不怕走丢，也不怕其他野兽的侵袭，惬意又舒适。

哦——大家一片原来如此的应和声。"所以就造了这么多木头羊，纪念比西里岸的名字对吗？"有队友接着上面的话题发问。阿美同胞微笑着摇摇头，说我们只猜对了其中一半。这些木羊不同一般，还在于它们非常特别的制作材料。"不就是木头吗？难道是名贵木材？"有人继续追问。阿美同胞依旧微笑，眼神却渐渐深邃起来。

/ 比西里岸 /

这些木头的确只是普通木材，但它们有着不普通的来历。台湾"八八风灾"的时候，大浪将无数的漂流木卷挟到了这片海岸边。眼看美丽的海域被垃圾堆满了，人们很是焦急。此时，一个公益组织请来木雕艺术家，将这些木头捞起来晒干再制作成生动的木雕，既清理了废弃物又美化了海岸，它们就是我们眼前看到的漂亮羊儿们。从不同地方随着海浪而来，记录着一场灾难，也记录着人们守卫家园的勇敢与坚强。这些木头，这些羊儿，生来就不同一般，带着劫后重生的呼吸感。

了解了比西里岸的前世今生后，陡然对触目所见的风景都有了不一样的感受。不息的生命力，从困苦、灾难、挫折里突围出来，从未被放弃，才成就了艺术的大美。这些用废料制作而成的羊儿们，是最诚实的见证者和最高贵的吉祥物。

我继续喝着古早咖啡，热腾腾的劲儿直冲到心头。怪不得男生要我夏天来三仙台呢，原来除了第一次来时所得的感受，还要加上这次的经历才算完整。台风季节，海风吹得越猛烈，当我获知一切关于比西里岸故事源头时的心情才会越感同身受。他知道我会被打动，所以特意埋个大包袱要我深深记住这里。

虽然这会儿是冬季，但命运埋下伏笔的苦心，依旧让我激动不已。一路行走，一路累积新收获，出行的意义就是这么美好！寻找寄居蟹的事儿，又被甩到脑后了。我和骑士们尽情地看着海边的羊儿们，深深感动着。

比西里岸，放羊的地方。三仙台，八仙过海的地方。尽管不同名字，但同样饱含了祝福。希望这里永远是幸福、安乐的净土。

偶遇的朋友

在风景里骑行，车轮滚滚，时光却仿佛静止了。很多平时未曾启用的身体感官，情不自禁地逐一打开。天色还是暗沉，积雨云垂挂在半边，另一侧略略透亮。

我们骑行过一段寂静的公路后，沿途渐渐热闹起来。看来，又到了一个沿海城市。大川兄在耳麦里告诉大家，前方即将进入台东市辖区。至于为什么这段路会特别有人气，那是因为著名的东河包子就在附近。全台湾好这口的食客们都会奔赴这里品尝美味。

我们的车队也将在台东包子店铺门口暂停，想要尝尝鲜的车友可以趁此机会一饱口福。当然，安排这个行程的最主要目的不是吃包子，而是我们将在那里与台东车友会合。

骑士，骑行天下，交友天下。一路上都能有志同道合的朋友，这真是一件想想就觉得自豪的事。为了以最好的状态与台东车友见面，我们特意在距离会合地点还有五分钟路程的地方停下来，把臃肿的防雨服换成了帅气的皮衣。

我那位老朋友如果见到这番情景，一定会取笑我们是怀着童心的老男孩，居然还会在意这么一点点小东西。但车队全体谁也不觉得这有什么可笑，大家都在认真地换装，除了衣服之外，阿豪绑起了头巾，卡尔在脖子里系上了围巾，每个细节都丝毫不马虎。

世上之事最怕"认真"二字，当你全情投入之后，就会觉得一切理所当然。何况，整理好自己的仪态，也是对朋友的尊重。很快，大家完成换装，出发来到东河包子铺。店铺门前果然食客众多、人山人海。台东车友已经等候在此，他们个个神清气爽，伴着哈雷机车站在人群里特别亮眼。看吧，幸亏大家提前准备了一下，这才没丢了我们台北骑士的风度。

台东车友与热情的豆腐岬度假屋老板一样，也是特别赶来陪跑的。骑士人数增多后，哈雷的轰鸣声聚集在一起，气势磅礴，引来热烈围观。大家都是爱车之人，除却本身之外，最关注的就是彼此的车型款式。谁的型号是限量版，谁的车改造得最多，谁的挡风板最有效，几位年轻骑士恰好骑了同款的"鲨鱼头"，兴致勃勃凑在一处聊起车前灯的话题。

一位台东车友提醒我，排气管上沾了一块泥巴。我忙低头查看，果然看到银色排气管上黏了一大块泥巴。不知道是在路上溅到的，还是从露营地海滩带过来的。它的形状就像一只眼睛，调皮地朝我瞟。"一路上我的表现还不错吧？！快帮忙清理一下啦，泥巴糊得我有点难受！"我马上蹲下身替它擦干净。

一只黑色小狗不知道什么时候蹿到了我的脚边，哼哼唧唧拱着我的裤腿。哎哟，多可爱的小家伙，我转身想抱抱它，小狗受惊地向后退出几步，也不跑远，缩在一边乌溜溜瞪着眼看我。"是你的狗吗？"我询问台东车友，对方摇摇头，说东

/ 路遇狗狗 /

河包子铺附近有很多狗。我们聚会，它们也聚会。人要交朋友，狗也要交朋友。一席话说得我笑了起来，扭头再看小狗，它瞳孔黝黑水润，随着微微扭头的动作不停地眨巴眨巴，似乎想与人交流。那认真里带着怯涩的表情真像皮皮啊！

皮皮是男生家里养的雪纳瑞小狗，非常听话。用男生的话来形容，是非常有教养的狗。如果给它打上领带，绝对是狗狗世界里的小绅士。有客人来的时候，它会乖巧地陪在一边，找机会逗乐大家一下。平时呢，吃饭、睡觉，按时外出兜风，生活得规律又健康。偶尔犯了错，被罚靠墙站，傻愣愣地一点儿也不会偷懒，耿直的小模样叫人心疼又好笑。

男生模仿过皮皮受罚的样子，双手蜷在胸前吐着舌头惟妙惟肖。他超爱皮皮，但又坚持小狗要有自己的规矩，所以常会理性地要求和教导皮皮要有礼貌。皮皮有点怕他，在他面前不敢造次，这让男生更爱皮皮。他说，一直要养它到老。只是很可惜，在台湾宝路狗粮事件里，皮皮不幸中枪。长期服用有问题的狗粮，导致皮皮肾脏衰竭。在最后的日子里，它已经无法直立行走了，但还坚持习惯保持家里的洁净，艰难地颤抖着缓慢爬行去厕所小便。男生说起自己忍不住冲过去抱起它的时候，眼眶红了。一个陪伴过你的生命，是值得被爱的。

在皮皮死去之前，男生并不懂得分离的痛。童年时候玩蚕宝宝，他用最初的四条蚕，放在纸箱里养殖、繁衍，最后变成一千多条蚕。男生简直高兴坏了，兴高采烈地拿去路口卖，一元钱一条，小赚了一笔。那个时候，他想的是把自己的欢乐分享出去，从未想到有一天欢乐也会被生生夺走。皮皮太聪明，总是一副想要说话的样子。不过直到死去时，它还是只会用轻轻摇动尾巴来表达它的留恋与不舍。男生告诉我，当时全家人都哭了。他倔强爱面子，不肯直接承认自己也哭了，但我猜，全家人里面哭得最厉害的就是他。

皮皮死后，男生家亲戚又送来一只同样品种的小狗，还是取名叫皮皮。小皮皮是一个小坏蛋，骄傲、脾气不好，爱乱叫、乱咬东西，更严重的问题是会到处大小便，这和大皮皮在走之前最后一刻，仍坚持要到厕所的教养完全不同。而且，它的胆子还出奇地大，以前大皮皮害怕的雷声、鞭炮声、突然的噪音等，对它来说是丝毫无动于衷，在它的字典里似乎没什么好怕的……当然，也包括不怕男生。有时男生教训它，小皮皮都会顶嘴地冲他吼，但是声音不大，有点像玩具小喇叭。

等它吼完了，累得睡在地毯上的可爱模样惹人怜爱，男生也就不以为忤了。尤其是当他凌晨拖着疲倦的身体回家以后，意外发现一只三个月大的小狗，从它温暖的笼中睁开惺忪的睡眼，摇摇摆摆地走到他的脚边，用它那小到不及他拳头一半的脸磨蹭着他的脚踝，就像从前的大皮皮一样！那一刻，心里所有的柔情都被唤醒了。

想到皮皮，想到男生，我的心也瞬间温软了。我把自己背包里的水和干粮分了一些给小狗吃。小狗慢慢肯让我抚摸它的头。看起来，它饿了好久，两三下就把食物吃光了。没关系，有缘遇见就是朋友。不够的话，再来点儿。我又给了它一些番石榴和菠萝。吃完饭后水果，它终于满足地伸出舌头舔了舔嘴巴。

台东车友见了笑说，小狗应该在等你给它买包子吃吧。它徘徊在东河包子附近，可能是特意来此等食的流浪狗。不过看它毛发整洁，也有可能是附近小商贩养的。我宁愿相信它是后者。再次摸了摸小狗柔软的毛茸茸的小脑袋，车队要准备出发了。

再见了，小朋友。

我发动油门，哈雷车轰鸣着上了公路。台东车友在前面开道，我们从台北出发的车队紧随其后，呼啸而过，声势浩荡。耳麦里忽然有队友说，好像有只狗在跟着我们。我心里一动，赶紧看后视镜。真的，就是刚才那只小狗。它正追着我们狂奔，四脚飞跃，两只耳朵高高地甩了起来。

它怎么追来了呢？那小小的脚儿肯定赶不上哈雷的滚滚车轮。我着起急来，恨不能停下车赶它回去。但又怕那样就更难分别，只有默默希望它知难而退。

大概有两三分钟，我都不敢再去看后视镜。我听车友在耳麦里说，小狗已经没力气，被落下很远了。我这才又转头去看，果然，小小身影已经在很远的地方化作一个小黑点。但是，它还在努力地奔跑。我好想告诉它，别再跟来了，我们一起跑过一段路就足够了。谢谢你这位特殊的陪跑队友，你的友好与心意我都已经明白了。

车队转弯，山壁挡住视野，偶遇的小朋友再也望不见了，心头一阵酸楚。

生命里有很多朋友，也就这样在人生的路途中远去了，来不及告别，从此再也没有遇见。最后余留下来的，是记忆里一张模糊的脸。但他们，都曾真真切切来过你的生命，付出过情感。

彼此之间有了情感关联，才能被称为朋友。不知道一个人要交多少朋友，又失散多少朋友，才能走完一生的路。我这趟环岛之旅，就是来找人的，至今仍杳无音讯。我在想他，他也在想我吗？听说蛇只有三秒钟的记忆，就算共度一辈

子，都不会记住你。

生命中有些关系，如果注定无法长久，相处相伴时的真挚也是永远不会消失的。而且只要我能记住它，就已经足够了。

不是吗？！

等故事的咖啡

台东车友在前方带路，车队沿着海岸奔驰了一长段距离。离开花莲进入台东后，地势逐渐平坦，景色更加开阔。这是接近恒春半岛前最后一段沿太平洋的路程，大家愈加珍惜地骑行着。然而车轮不止，时间不息，没多久我们就抵达了海岸公路边的驿站"后山传奇"。

台东车友热情招待大家在此享用当地的特色午餐。由于下午还要继续赶路，美酒是喝不了了，但席间的一片谈笑风生远胜琼浆玉液。虽然众人大多数是初次见面，倒一点儿也不生分。玩车的人就是这样，豪爽好客，一不留神就结成了高朋死党。

依照我们的原定计划，用完餐后就需立刻出发。但台东车友们太过热情，一定留要我们在后山传奇木屋后的海岸边喝上一杯咖啡。盛情难却，大家唯有从命。事实证明，因为这临时增添的小聚，我们后面的行程受到些许影响，但情义浓浓，如何能推却？相遇是缘，再遇不易，彼此都愿多加珍惜。别说只有女人感情丰富，男人之间同样会难舍难分。

"焦糖玛奇朵，大杯，加冰。"一坐进咖啡店，熟悉我的车友就主动帮我点上了。我一下子有点受宠若惊，真的很感谢身边总有这样细致的关怀，但或许因为我也是个念旧的家伙，爱吃爱喝的东西简单不难记，而且友人都已深交了多年。

此外，台东车友大力推荐了这里最出名的黑咖啡，有几位车友兴致勃勃地品尝了，还和早上在比西里岸喝的古早咖啡做比较。最后一致认为，古早温润，黑咖清冽，各有特色。咖啡搭配奇士蛋糕等西点，是下午茶比较常见的组合。后山

寻找心里的那个少年

传奇咖啡却端出了一盆金灿灿的地瓜片，居然还分为甘梅味、海苔味、金枪鱼味等多种款式。

　　来自台北的骑士们很是好奇，纷纷捻起来品尝。地瓜片切得极轻薄，炸过后微微卷曲，不同口味有些是浆在薄片里的，有些是散在薄片上的，放在嘴里咬上一口，咔滋脆响，满口盈香。这时，再来上一口浓郁的咖啡，真是美妙极了。它不同于经典西点搭配那种高贵名媛的感觉，更像一个热情火辣的吉普赛女郎，不顾约定俗成的品咖啡需要安静高雅，就是要爽爽脆脆地在嘴巴里舞动出声响。别说，和我们这帮追求自由不羁的骑士还真是非常般配！

　　见大家吃得兴致高昂，台东车友们十分开心。有朋自远方来，一片诚挚款待之心能被欣然领受，自然是不亦乐乎。麦哥与阿豪同时邀请台东车友们有机会也去尝尝台北的咖啡。对方欣然答应。一杯咖啡，喝的是不同地方人们的心意和友

/ 台北咖啡厅 /

好。在台湾，咖啡已经升格到个性与内涵兼具的层次，给它冠以"文化"两个字真的一点不为过。

在台北，各种风格、种类的咖啡馆遍布大街小巷。最热闹喧嚣的地方，最偏僻幽静的地方，少得了餐馆也少不了咖啡馆。我在台北的时候，最常去的地方就是咖啡馆。有时与朋友，有时一个人。

街道鼓噪的声浪被拒绝在外，捧一杯咖啡落座在松软的沙发里，隔着落地玻璃，看人来人往，喝的是一份慢下来的心境。如果把窗外的世界比喻成一场戏剧，咖啡时光终于让我这个演员也能舒适地做个观众。年轻男生捧着鲜花求爱女生羞红了脸，中年夫妻为了琐事絮叨争执不休，游客掉了钱包忧心忡忡求助警察……琐碎的生活里到处充满了故事，尽管微小、重复却真实。它们的发生自然而然，没有剧本，不需彩排。我非常享受观察生活姿态的乐趣，仔细捕捉人们脸上浮现的各种喜怒哀乐，累积下来，都是当演员的财富。

台北101的三十五楼，有一家Starbucks，可以俯瞰台北城市的模样。近处的国父纪念馆，远处的观音山，都能一览无余。要想与一座城市完整地相识，这家咖啡馆是一个好选择。此外，喜欢电影的朋友可以去中山北路的光点咖啡时光，一边看电影一边品咖啡；成都路的蜂大咖啡馆则是五十多年的老店，旧式研磨机至今还陪伴着前去光顾的客人。

细细盘点起来的话，台北有特色的咖啡馆真是数之不尽。我也还没能一一拜访过。在台湾，人们对于咖啡文化不仅喜爱有加，更在不断传承发展。近些年来，离尘不离城的阳明山里，融于自然的山景咖啡很是风靡。阳明山的蒙马特影像咖啡，是一位资深摄影人开的，馆区布置犹如山间美术馆，花香树影，鸟语风吟，想必同样的咖啡到了那里又是别有一番滋味。

咖啡真是个太诱惑人的东西，光想一想就已齿颊生香。然而，它的魔力还不止于味觉的吸引，它伴随着的更是一种记忆深处的习惯。有一天午后，我在台北街头闲逛游走，太阳猛烈得几乎把人都要融化掉。我自然而然就循着熟悉感转进了一家咖啡店，等吹着冷气安坐下来，才发现自己竟来到了民视的附近。

在娱乐圈闯荡十多年，民视是我最早起步的地方，从《飞龙在天》《世间路》到《青龙好汉》《欲望人生》，而今回头再看，一步步足迹都清晰得仿佛昨日，我发现自己对它依旧拥有像家一般的眷恋。于是那个午后，我在那家咖啡店坐了很久，仿佛又回到往昔时光，没日没夜地赶着拍戏，和一帮电视台的亲密战友互相打气鼓劲，累并快乐着！一杯咖啡喝完，思念装满了空杯。

其实这些年，咖啡文化在内地也逐渐升温。我在北京住所的楼下，就有好几家咖啡店。常去的Sol咖啡，环境清幽，是圈里人聚集的地方。夜幕降临后，一支

/ 后山传奇 /

C组

9

/ 后山传奇 /

两人或三人的小乐队驻唱，蓝调爵士，更添了咖啡的浓度。我来Sol，多是约朋友聊工作，因而咖啡的味道就不会像台北那样松弛。不加糖的冰拿铁是提神的好帮手，就算隔天开了大夜戏，喝下一杯也会马上耳聪目明。不少好故事、好创意，常常伴随着咖啡诞生。

相信很多文化人和艺术者都会有同感，以神奇的力量摒除杂念，提升小宇宙，注定了这种饮品文化的与众不同。透过它，实现的是自身与各种能量的关联，是不同城市、不同地域、不同文化的关联，一杯杯沉淀下来的都是独一无二的故事。

咖啡需要花时间慢慢品味，遗憾的是对于我来说，时间实在比较紧张。等新戏开拍进了剧组，就没办法再流连、沉浸于咖啡馆了，只好随身带着罐装的雀巢咖啡在片场解解瘾。于是，曾不止一次地畅想规划，等有朝一日退休了，我也来开一家咖啡馆吧！名字就叫"故事"，在台北和北京各设分店，节假无休，好友免费。

一边想着开店的计划，一边就顺便和车友们分享了这个想法。大家闻言，恨不能举双手双脚赞同。忽然，有个台东车友站起身来，朝着我猛摇手。怎么了？看来还有持反对票的，大家都扭头看向他。

"不行啦！只在台北开店怎么行？在台东也要有分店！我们会天天光顾的！"他大声发表意见。原来是埋怨我忘记他们这帮朋友了。"好！好！好！我一定努力开家环岛连锁店！"我举起咖啡杯，向诸位示意。大家也纷纷举起手中的咖啡杯，碰杯约定。

"如果老板坚持不肯收钱的话，我们就用故事来换，一个故事换一杯咖啡，怎么样？"

"嗯，我觉得这个主意不错！"

咖啡的浓香里，一片憧憬和欢愉……

在路上

因为咖啡，与台东车友惜别多流连了一些时间。朝着晚上的宿营地出发时，天色已经不早了。大川兄本来想带队直接沿东海岸抵达满州，查询路况时发现部分路段封闭不通，于是，临时决定改道从南边回公路，再经垦丁斜插到满州。如此一来，我们的骑行路程会有所增加，而且还要放弃一个原定的经停地。但人在路途的乐趣，就在于遇见各种不确定。未知，总是让人忐忑，也让人兴奋。

从台湾最北端的台北到最南端的垦丁，沿着十一号公路一路驰骋在东海岸，我们真的就要和太平洋say bye了。我忍不住伸出手来在风里挥了几下。风速比午后更大了，握在手里很有质感。风，是一种只可体会不可捕捉的东西，就像命运。

随着车队渐渐驶入台湾南部恒春半岛落山风的范围内，我们明显感到风速又在加剧。麦哥提醒大家："这里地势特别，要密切注意落山风！"落山风是中央山脉下沉气流和太平洋东北季风裹挟共生而成的一股强劲大风。遇到风势头正猛的时候，重达三百多公斤的高速行驶中的哈雷机车都会被吹得左摇右晃。当下，风力逐渐升级越来越强，大家纷纷打起精神，严阵以待。作为一个车手，这就到了考验技术的时候了。

我的机车没有安装车挡，只能任凭剧烈的风迎面直扑，要不是有头盔稍稍挡

〈 在路上 〉

一下，简直被逼迫得无法呼吸。卡尔发现了我的情况，询问是否可以坚持，我比了个OK的手势。尽管风速的确很大，但对于自己的操控力，我还是很有信心的。记得一次骑行时飓风袭来，忽然遭遇危情，我硬是凭借臂力和平衡感将险些倾倒的哈雷拉回轨道，结果被车友们笑称现实版的"速度与激情"。

当时很是骄傲自豪，自己也忍不住要给自己竖起大拇指。之后回想起来，还真是后怕，人在自然面前太过渺小，超出能力范围的事尽量不要逞强，毕竟幸运之神不会每次都伴随着你。所以，现在我会提醒自己要更小心地驾驶，确认可以驾驭才继续骑行。人成熟的标志，不是变得谨小慎微，而是可以更好地控制自己。

终于，我们告别了十一号公路，右拐进入南回公路。南回公路是台湾主要的东西向交通主脉，穿行在中央山脉尾端的丛林之中，山路回转起伏，地势险要。上下坡时，需要根据路况不停调整车速和角度，加上风速又大，这是在苏花公路我们面临的又一段极具挑战性的考验。

秉持"安全第一"的原则，车队稍稍放缓了速度。大川兄领头，卡尔压阵，大家排成极为标准的"Z"字队形，稳步前进。刚行过一个发卡弯，又是一个大回转，每个人都全神贯注，耳麦里一片寂静。

忽然，一组四五人的自行车队出现在前方视野里。恰好在上坡路段，他们骑行得十分艰难。靠近一点，能清楚看到车手们额角密布的汗水。寒潮来袭的冬季，这么淋漓痛快地出汗，是付出体力和毅力的光荣标记。放眼望去，上坡路还有很长，他们即将挑战极限。"厉害啊！""真不容易！"对讲机里热闹起来。与自行车手比起来，感觉骑着哈雷的我们就如装配了重武器的战队，而他们真的是赤手空拳的勇士，大家同样想要征服眼前这座连绵的大山。成功穿越过去，就是温暖的恒春了。四季如春，没有寒冬，所有的坚持都为了见到春天的一刻。

此刻，共鸣的情绪在大家身体里汹涌澎湃起来。与自行车队擦身而过时，我比出了"V"字手势。我的队友也纷纷比出了"V"字，自行车手们回以感谢的信心十足的"OK"。简单的交流，想说的话都已经包含在内。在路上，最珍贵经历的就是遇见怀着共同理想的伙伴。彼此间的精神鼓励，有着难以想象的力量。

我相信我们都能抵达自己想去的地方，只要坚持，只要努力。过了N个转弯，直到哈雷的引擎变得滚烫，南回公路终于看到尽头。左手方向，就是台湾南部美丽热情的恒春半岛。大风终于渐渐停歇下来，被山峦挡在了身后。

大家在加油站补给休息，研究地图准备下一段行程。此时，路灯次第亮起，天色逐渐黑了，距离满州还有十几公里。更近一些的垦丁大街夜市上各种美食和娱乐即将粉墨登场，而满州的宿营地深藏在偏僻的渔村里。大家心里不免有丝丝动摇，但整个车队无一人提出异议，全都同意跟着队长按原计划前往满州。途中遇到路况可以改道，但既定目标不能轻易变更。车队虽然临时组成，但也是一个团队，骑士们的首要素养就是守约。

　　大路变小路，公路变土路，"Z"字队形被越来越窄的道路挤成了"一"字

/ 与车友们在一起 /

形。夜色浓稠得像一口锅，阡陌纵横的田野上没有灯，哈雷用炽亮前灯猛生生照出一条路来。气势可嘉，我们继续前进。可是，这条路渐渐有点陌生起来，不知道到了前面的分岔路口，该往林子里走还是往更空旷的田野里走。今夜准备要落脚的小渔村，好像被夜色藏起来了，无影无踪……老天爷的考验往往喜欢凑着堆来，刚扛住了南回公路的大风，现在又要面临另一个窘境。

是的，我们迷路了。

靠田埂边停下车，掏出手机上网导航，大风吹得信号微弱，时有时无。大家相互瞪着眼，肚子咕噜咕噜任性地叫着。大川兄和麦哥出发去找路，卡尔回头去找落了队的两个队友，担忧的气氛开始在大家中间盘旋。

比起第一天出发就遇上滂沱大雨，比起险情迭起的南回公路，没有方向的迷失更令人郁闷。那是一种敌人在哪里都找不到的茫茫无着。时间一分一秒过去，等待叫人焦灼。不会要在这里过夜吧？其实也无所谓，大家都带着露营的帐篷。只是，没有找到落脚点就意味着没有完成当天的骑行计划，作为骑士来说，半途而废最是懊恼。

终于有人打破沉默，阿豪提议说："刚才经过一个小村落时看到有座小楼取名叫'很久以前'，白墙上刷着WiFi、餐厅、民宿的字样。所以现在就很想说，

/ 遇见民宿 /

/ 民宿小憩 /

/ 民宿小憩 /

'很久以前'有WiFi，'很久以前'有餐厅，'很久以前'有民宿，我们要不要回去'很久以前'慢慢喝杯咖啡等？"他真是个随时随地幽默风趣的人，一本正经说什么提议，明明就是要逗大家开心。野地里取个乐，大家都会心地笑。就在这时，大川兄提高嗓门远远吼着开车回来，"找到了！找到了！大家准备出发，我们回去'很久以前'，宿营地就在附近！"沉默数秒，一片哈哈声，"原来一切都在'很久以前'！"这个梗埋得太巧，配上大川兄一脸莫名其妙的表情，简直可爱极了。

失踪的渔村，其实我们早已路过，只不过因为没有认出它来，所以一个劲儿地在四周打圈圈。于是乎，又想大笑。莫泊桑说："生活不可能像你想象得那么好，但也不会像你想象得那么糟。人的脆弱和坚强都超乎自己的想象。"也许只要转个弯，就能看到你想去往的方向。重要的是，必须坚持在路上，而不能轻易停下。

我们今晚要落脚的民宿叫"遇见"，隐藏在一条巷子尽头，果然藏得"太深"，才这么难找。虽然早已过了饭点，一整栋楼透着橘色温暖的灯光，飘着食物诱人的香味，依然在耐心等待着大家。

骑士们完全忘记整个白天骑行东海岸与南回公路几近透支体力，停好机车，卸下行李，就朝"遇见"轻快奔去。"很久以前"真的就在一百米开外，扭头便能望见。此时，我还是忍不住地想笑，感谢"很久以前"，我们终于"遇见"了！

迷路了，有点逊哦！

哪有，只是耽误了一会儿而已。

你一直要hold住这么man的样子吗？

……

迷路就是迷路，承认一下有什么关系。

呵，你……就是想要看我笑话吧？！

一路环岛这么累，当然要多笑笑了，不然多无趣。

别废话，马上就要到最南端的鹅銮鼻了……

又打听我到底在哪里啊？换点新的好不好？

今天迷路的时候，心情很差。

那怎么样？

找不到你的心情，一直像迷路，你知道吗？

……

怎么不说话？

说什么，你每次都是同一个话题。

那你还不赶紧出现！对了，那个寄居蟹……

你找到了？

没有，它真的很难找耶，别玩了。

我已经说过叫你忘记它，自己要找，干吗又啰唆。

你……

好啦，跑一天路多累，睡吧，晚安！

Day4 满州—七股

骑行路线：满州渔村→台湾最南端垦丁鹅銮鼻灯塔→恒春飞靶场→万峦猪脚→
凤梨田阔叶林→吾拉鲁兹部落→七股春园农场

17:30抵达
七股春园农场
（台南市七股区看坪村
46—10号）

台84快速
→北门→七股
45公里

16:30抵达
中油玉井加油站

185→高树→181→美浓→
台28→旗山→台3→玉井
80公里

14:00抵达
咖啡：吾拉鲁兹部落
（泰武乡大武山一街38号）

台17→185沿山公路
→万金营区
50公里

11:30抵达
午餐：枫港海鸿万峦猪脚
（枫港村旧庄路155号）

台26→台17→枫港
25公里

09:30抵达
恒春飞靶场
（恒春网纱里坑内路7号）

08:00出发
路过小渔港

台26→恒春
20公里

10公里

08:30抵达
鹅銮鼻
（极南点）

头发乱了

落山风的威力，实在不容小觑。住在"遇见"民宿的整夜，都听见它在窗外闷声低吼。民宿老板反复提醒大家，拖鞋衣物不要放在室外，否则半夜里会被吹走。我在想，民宿庭院里一棵造型别致的大树，肆意伸展的枝干上一片叶子也不长，是不是故意剃光了头防风。

早起，风势逐渐减小停歇，朝南的露台上铺满阳光。太棒了，天气是一天糟糕一天明朗的节奏，今天又轮到阳光明媚。我醒得有点早，队友们都还在沉睡，正好给自己泡杯茶，半躺在晒椅里一个人偷闲。

不知道民宿的主人是不是学设计的，建筑物风格简约又硬朗，无论从什么角度看，都能看到笔直的几何线条切割视觉的画风。清水墙面夹成狭长走廊，直角转弯钢结构楼梯，正方形的围合式花圃，一切皆棱角分明。打破这些规矩界限的，是以那棵落叶大树为首的几十种植物，或大大咧咧杵在院子正中央，或高高低低挤在小径边的花圃里，或牵牵绊绊缠绕在公共休息区的墙沿下，全然一副野生野长的性格，与严谨的建筑形成强烈反差。

世间但凡上乘的东西，都是极其矛盾之物。我暗暗为民宿的格调点赞。怪不得大川兄千里迢迢选了这个地方落脚，看来都是有缘由的。将民宿内内外外打量一番后，我又从露台往外看去。

昨夜隐藏在黑暗里的迷宫一样的满州渔村，而今明朗安然地显现出来。低矮的民舍沿着海岸堤坝连绵建造，平均高度不及间或出现的电线杆。海鸟活泼地在电线上跳舞，引用通俗的比喻"像悦动的音符"，非常贴切。红色公车已经开始在寂静无人的村间道路上穿行，一点点地唤醒着沉睡的村落。

前方有一处弯弯翘起的屋檐，好像是庙宇或者学校。我忍不住从晒椅里站起身，想看得更清楚一些。可是还没等定睛去望，烈烈海风便猛地扑面而来，给了我一个出其不意的good morning。哇哦，瞬间我的头发狂飞，视线一片模糊。骑行的时候为了防止头发被吹乱影响视线，骑士们大多会系一块头巾，或者戴一顶

/ 满州渔村清晨 /

/ 民宿早餐 /

帽子。而此时，完全没有做准备的我，终于畅快地享受了一把风的热情。

幸亏我不是长发，要是和男生一样造型的话，就更惨了。想象他帅气长发在风中凌乱的模样，我直想笑。说起留长发，那个年代，好像很多台湾男生都会留长发，尤其在演艺圈，比如小虎队、林志颖、金城武等，都留过。但男生留长发却不是因为追逐流行，而是因为真心喜欢。早在长发造型的风潮盛行之前，他就已经是那个样子了。

说起其中渊源，不得不提起一部男生非常推崇的老电影《秋日传奇》。布拉德·皮特在影片里饰演男主角崔斯汀，他个性不羁、狂野，骑着骏马奔腾在无垠的草原上，用沸腾不息的热血终其一生去追寻自己想追寻的，去爱自己想爱的。崔斯汀那头飘扬在风中的金色长发，每一根都充满了主张和勇气。男生深深为之动容，将它解读为一种无惧任何阻力的自我挑战。源于这个原因，他对自己的长发也寄托了很多期许。他希望能够始终勇敢地去走自己的路，不受任何羁绊，就算注定会和崔斯汀一样终生颠沛流离，也无怨无悔。因为，那是一个游牧民族流淌在血液里的灵魂，不能被改变，更不能被丢弃。

想到这里，我不禁一阵热血沸腾。一个人能够将头发看作精神世界的一种图腾，会是一种什么样的心情？只是那个时候，我并不完全懂他，总觉得男生有耍帅的嫌疑。朝着露台前方再走上两步，让海风迎面吹得更猛烈一些，任由头发在头顶乱舞，我的视野里仿佛见到，永远大大咧咧、满不在乎的男生抱着吉他坐在海边，他眼角划过一丝仓皇与落寞。

他的长发，已经剪成了短发。

一个人喜欢的东西，必然和他本身有着某种共性。仔细想想，男生和崔斯汀是很像的。他追求自我，个性强烈，有些时候为了坚持自己的想法不免得罪人，但他从不肯轻易妥协，倔强得像一个大刺猬。然而刺猬用满身的刺，裹藏起来不肯示人的却是最柔软的肚腹。男生和我的交流，一直都很愉悦，几乎从不诉苦。唯一气氛沉重的一次，就是为了他那头被迫剪短的长发。

男生当时身为台湾BMG唱片的签约歌手，风头正劲。经纪公司准备签新人，拿了三张香港歌手的照片给他看，希望男生以师兄的身份给点建议。男生一眼看到其中一个白净斯文的短发男生，认为他可以在形象上做些调整让特点更鲜明。香港歌手的经纪人当场并没有说话，只是默默地看了男生很久。男生觉得经纪人的目光一直没有离开他的长发。果然，回到香港后不久，经纪人就把那个香港新人歌手的造型改掉了，让他蓄起长发，和男生一样。

非常富有戏剧性的是，香港歌手改变新造型后出人意料地大受欢迎，甚至在两岸三地都刮起一阵模仿风，他的名字"郑伊健"也随之与长发飘飘紧紧关联起来，为他在歌唱和表演事业上都助了一把力。

更富有戏剧性的是，与此同时，BMG却坚持让男生在发行新专辑时剪短了长发。男生矛盾过也抗拒过，长发对于他的意义，绝不仅仅在于造型或者形象。但经纪公司并不接纳他的抗议，一位资深经纪人在劝他数次无果后，说出令男生多年无法释怀的一番话："艺人，就像妓女，要生存就必须迎合讨好客人。"于是，在这样的论调下，男生的长发成了不肯屈从行业规则的绊脚石。经过艰难忖度，为了梦想，男生最终让步了。他狠下心剪短了他的头发，希望换来在歌坛发展的顺利。然而，他的歌唱事业却并没有像经纪人预测的那样一路高走，反而变得前景模糊，势态低迷。男生不知所措了，他的眉宇间由此笼起一层困惑的云。

"发型的改变，让我一下子失去了自我的状态。好像生活、工作忽然陷入进退维谷之中。"男生文绉绉地说着心里的感受，完全不像平时活泼风趣的他。这件事，尤其是关于"艺人像妓女"的说法，给他留下了深重的心里阴影。当风吹起，再也没有自由飘扬的长发。他最后埋首沉思的样子，像刺猬被拔光了刺。

我深吸一口气，拨开被海风吹到眼睛前面来的头发，忽然有一种不是太好的预感。这次环岛，也许真的找不到男生了。我们无法唤醒一个装睡的人，也无法找到一个特意要藏起来的人。无拘无束不愿受一丝丝羁绊的身心，他到底安放在哪里了？行程已经过半，剩下的时间里我能找到他吗？

露台下传来窸窸窣窣的响动，惊醒了我的回忆。时间已经不早了，车友们开始起身准备新的一天的骑行。女骑士品客和老公一起搬运行李箱下楼。行李箱拖碰在坚硬的钢制阶梯上，每一下都铿锵作响，好像在催促着车队趁着天朗气清的大好时光赶紧出发。

我连忙返身进房，准备收拾衣物随队启程。又一阵海风猝不及防地吹来，头发再次满脸乱飞。我用力地挠挠头，把头发捋到后面，心里忽然冒出个决定：今天开车时不扎头巾了。就让风吹，让头发乱舞，让我的追寻彻底自由。

或者，一切会有转机，会有奇迹……

寄居蟹的家

飞速掠过浓绿的树林、广阔的牧场、鳞次的岩石，沿着海岸一路向南。台湾最南端的鹅銮鼻灯塔终于伫立于眼前。没错，这就是整个台湾最南的位置。鹅銮鼻灯塔浑身白色，个头不太高，坐落在微微隆起的山丘顶部，和所有灯塔长得一个模样。但是抵达这里，意味着车队已经完成了台湾南北距离最大值的亲身丈量。所以，它的身姿也变得格外伟岸起来。

临海而立，风声呼啸。我们依然在落山风的地盘上。有了阳光照耀，天气不再如昨晚那样冷暴力，一阵阵暖热拂面，富有韵律的节奏感带动着心潮涌动，和

/ 鹅銮鼻灯塔 /

海浪一样拍打着堤岸。望尽了整片东海岸，环岛行程即将由这里折向西北而行。热情的垦丁，在此刻变得有点莫名感伤。

记得李安的《少年派的奇幻漂流》，影片结尾时少年派与那头孟加拉虎分别的镜头就是在附近的白沙滩拍摄的。突发奇想，既然它们在这里分别，或许它们也能在这里重逢。虽然《少年派的奇幻漂流》只是一部电影，但承载着那样一个富于人性思考的奇幻故事，还原它的地方说不定也有着什么与众不同的灵性。我环岛寻人久久未果，或许在这里能够获得一些启发。倏然冒起的想法搅得人蠢蠢欲动，于是，我临时决定去沙滩走一走。

经过鹅銮鼻后，就转入西部海岸，大陆架的支撑使海底地势变得平缓，风速减慢，波浪温柔。我卷起裤管，一寸寸淌着沙滩慢慢地走。垦丁日晒强烈，常年温暖。但冬天的海水还是有些微凉，来自巴士海峡的洋流冲上沙滩漫过脚踝，轻抚着我的小腿。

电影效应的热度，让来白沙的游客越来越多，我搜寻的视野里，不断有各种脚丫闯进来又退出去。天气不够热，游泳客比较少，大多数人都是来踩水的。比起垦丁南湾布满各种水上项目人声鼎沸的大沙滩，白沙娇小而隐蔽。尤其是岸边

一排排棕榈树，洋溢着幽居小岛般的异域风情，将海与陆地分开，恍若一道入世与离世间的边际线。不得不佩服李安的锐利目光，一下子就把白沙最美的地方发掘了出来。

我入神地环顾四周，目光扬起，沿着海岸线起伏。白沙，太适合做养老之地。自己现已年届不惑，再过二十年，或者只要再过十年，就差不多可以退休了。到时候，便带着家人、朋友一起来这里租上一座沙滩木屋，看海、赏花、过冬。放眼望见一挂挂粉色瀑布般的三角梅在木栅栏里开得霞光般灿烂，"恒春"的确是能触手可及的诗意未来。

嘶！正想到美处，脚底一阵痛感袭来。我倒抽一口冷气，原来不小心踩到一个碎贝壳，现实总是不分场合地要来和梦想较个劲儿。好痛！这么煞风景真是够了！我狠狠瞪向沙滩上那枚肇事的贝壳，想要大力将它踢开。可就在这一瞬间，我竟然看见了——看见了我一直在找的——寄居蟹！OMG！定睛再看，真的是寄居蟹！男生念念叨叨要我去找的寄居蟹。

此刻，惊奇的心情更大过喜悦。不仅因为它的不期而至，还因为这只寄居蟹那副奇怪极了的样子，要不是正好在碎贝壳的旁边，我都未必能注意到它。你知道吗，这个小家伙不选贝类或者螺类的壳为家，甚至连蜗牛壳也不选，居然大喇喇超酷地背了一个红色的可乐瓶盖，简直我行我素、特立独行到不同凡响！

神话故事如果有现实版，我绝对相信它就是男生变的。那个瓶盖的气质和他太合拍了。不管长发还是短发，男生平日里总爱戴个鸭舌帽，酷酷地耍帅。然后一边弹吉他，一边唱着自己作词作曲的歌。"就是要不一样，就是爱不一样。"

"嗨，是你吗？"我情不自禁蹲下身子去问它。寄居蟹见有人靠近，飞快地缩进瓶盖里，一动不动，假装自己就是一个可乐瓶盖。喂，怎么能不理人呢？我可是好不容易才找到你的！是你吗？我提高声音。寄居蟹自然毫无反应。可我不想放弃，更或许是想趁着这个机会，大声地、尽情地、释放地——吼一吼。

喂喂，别躲起来啊！回答我，是你吗？是你吗？

一个成年男人突然在海滩上放声大叫，有点丢脸。但当下的我就是想任性一次。毫无顾忌地，从内心里，把最想说的话吼出来。不再顾忌任何外在的声音和眼光。

是你吗？是你吗？……

我的声音没有被海浪声吞噬，乘着风远远传送出去。很快，嗡嗡嗡的回音反转过来，在耳边荡漾。同样是一句"是你吗？是你吗？"就像有人在海的那头也遥遥地问着我。我一愣，接着不由自主更大声地问：到底是不是你啊……

车友们被我的吼声吸引，围拢过来。"哇哈，吼这么大声，你是准备要来参加今年的垦丁春呐吗？算起来这场盛会已经连续举办二十年了呢。"原来他们误会了，以为我在练声，要来参加春季的沙滩音乐节。可恰好经他们这么一提醒，我才恍然想起垦丁本是恒春民谣《思想起》的故乡。弹起了我的月琴，唱一唱思念，音乐、歌声和呐喊在这片海滩响起是再合适不过的事。就像《海角七号》里的阿嘉，纯粹地爱着音乐的年轻的心，自由欢乐，不受任何束缚！

看起来，我的呐喊找对了地方，并没有因此失态丢脸，命运的安排真是巧合又体贴。心下感触之时，一波大浪涌来，我猝不及防，差点没站稳。趔趄了好几下，总算重新站定，可大半衣裤都已经被打湿，紧紧黏着我。车友们见状，纷纷大笑，催促我这个被大海亲吻的幸运儿赶紧上岸去换衣服。

我正准备迈开步子上岸去，突然发现那只寄居蟹随着波浪晃起，正好停在我的脚背上，也紧紧黏着我。呵？看吧，缘分来了，躲也躲不掉的。我俯身小心翼翼地捉起寄居蟹，把它轻轻放在沙滩上。"现在你可以回答我的问题了吗？"小东西当然沉默依旧，它迟疑片刻之后缓缓伸出腿来，背着它那奇怪的壳开始爬行。"哎呦，酷哦！这只寄居蟹太特别了吧！打扮得这么潮，看来想参加春呐的选手应该是它哦！"车友们注意到小家伙，纷纷围观赞叹。寄居蟹见人多，一下子紧张了，又缩回可乐瓶盖里面，一动不动。"我想，它可以的！"我替寄居蟹助威，如果小家伙开得了口，一定能唱出特别美妙的歌曲。因为这一片每年都会生长出无数好音乐的海滩，就是它的家啊。

又一个大浪涌来，卷着寄居蟹漂往更远一些的沙滩，解了它被一群人围观的窘境。"喂！喂！"我心急想去追它，跨出几步后才发现自己又踏进海水里，忙退上岸来。哎，不由一声叹息。相聚在不经意时，也分别在不经意时。眼看小寄居蟹被海水卷着越行越远，我才想起要给它拍张照片做留念，急忙摸了摸身上，却发现没带手机。车友看出我的意图，想把他的手机借给我用。我想了想，摆摆手拒绝了。如果这只小寄居蟹真的是我那位老朋友变的，那么它一定不喜欢被任何形式捆绑了自由，包括照片。所以，就任由它去吧。

寻找心里的那个少年

队友们催我赶紧返回岸边去，身上湿漉漉的衣服要快点换掉。我点头答应，脚下却迟迟没有移动。虽然在海滩依然没有寻到男生的踪迹，但我找到了常常出现在梦里的寄居蟹，执着了一路的迫切心情因此变得和煦起来。

我想，白沙的特别不是因为拍了《少年派的奇幻漂流》这部电影，而是因为它本身就自有一种疗愈的功效，所以才会吸引了李安吧。有句话叫作：念念不忘，必有回响。目送寄居蟹远远离去，我轻轻哼唱起一首老歌，是男生写的歌。

希望、失望，来来去去，都是一种自然的生命能量在流动，和海水潮汐一样，会来，就一定会走；会走，也一定会来。

命中红心

子弹出膛，急速直奔目标。飞扬在半空中的移动靶被准确击中，倏然腾起一缕红色烟雾。十发五中，对于玩票来说战绩不错。欢呼声响起，阿豪得意地挥了挥手中的长枪，佯作了一个脱帽礼向各位看客示意。他系着头巾，踮着脚，嘴角扯出一个胜利的笑，很有些印第安猎人的风范。

恒春飞靶场，骑士变枪手，为庆祝我们车队绕过垦丁最南端，大川兄特意安排HERO训练营。爱玩的老男孩们对这个意外惊喜十分受用，尤其是它还带着些许挑战和比赛的意味。

人们对自己不确定的事，总会有些迟疑，尤其是男人，年纪越大越不愿迈出安全范围之外。当局势变得不可控制，他们就会失去安全感。在一些特殊情况下，甚至会担心损害到脸面、自尊或更多的东西。但也正因为如此，才激发起骨子里爱冒险与不服输的天性，平添一份刺激。在一群热爱哈雷的骑手中，这种特点表现得更加明显。

每个人射击的战况，都被密切关注。阿豪后面轮到我，助威的掌声将期许值推到一个新高度。听说我在当兵时各项训练科目都表现不错，大家理所应当认为射击也该是强项。更有甚者，一口气列举了我在影视剧中扮演过的好几个军人角色，加以佐证他们的判断，认定我是个中高手。我不置可否地笑笑，走过去拿起枪。这时候，不适合多做解释，那只会让人家觉得你故意谦虚，可事实上我的心里正有一百面鼓敲个不停。在电视剧里面演神枪手，只要对着镜头摆pose就行，现在可是真枪实弹啊！

不过，就算输人也不能输阵，也许我天赋还不错呢！不就是玩个射击吗？有什么好忐忑的。在教练的指导下，我迅速摆好架势，瞄准前方。四周一片寂静，队友们一眼不眨地盯着。气氛莫名紧张起来，倒真有点重回军营的感觉。

"准备好了吗？活动靶要飞起来喽！"教练在我耳畔询问。我点点头，凝神屏息。嘭一声巨响，都不知道自己什么时候叩响的扳机，只见活动靶飞到视线正前面，拉起一道弧线，又落了下去。没有打中，和阿豪他们一样，第一枪打飞了。"你刚才打早了，别急，看准后再发子弹。"教练耐心指导。

队友们依然静默，围观。我点点头，第二枪上膛，心里更是七上八下。默默重复了一遍动作要求，示意教练准备发射。活动靶飞起，枪响，活动靶落下。还是没有打中，这次又晚了。教练走上前继续循循善诱，部队里面长官指导新兵，可不像教练这么温柔，说话都是用吼的。不过，我对此丝毫没有反感，反而非常感激能在最桀骜不驯需要受教的年纪里，被严肃认真地教会了很多东西。其中最重要的，就是与他人的相处之道，包括对长官要尊重，与同届要协作，对后辈要

/ 恒春飞靶场 /

提携，以及最实用的一条：脱离惯性的疼痛，建立新的平衡。

这一句话是我自己从军营生活里总结得出的，多年来受益匪浅。不管进入多么陌生不适的处境，都可以拿来借鉴，而且非常实用。当年入伍，割断了职业规划，退伍后只能从头再来。最难熬的时候，这个方法都在发挥作用。旧的东西如果已经成为桎梏，就必须果断突破，而绝不能拖延它成为惯性；没有什么困境是不能被克服的，只要找到新的成长方向，一定可以拓展出全新的空间。

我感觉，此时的挫败情绪正在企图形成惯性，从而造成心理压力，必须及时遏制它。深深吸了口气，我先清空自己，然后再次认真地默念了一遍技术要领。第三发活动靶飞起，靶心上方两指宽的方位，瞄准、发射。嘭，红色烟雾弥漫在空中。中了！中了！队友们一片掌声。乘胜追击，我又开两枪，连续全中。

哇哦！我自己也给自己喝了一声彩。继续，向目前由阿豪保持的十发中五的最优成绩冲击。找到感觉以后，一切似乎都变得容易起来。砰砰砰，我很快发完了全部子弹。除中间射偏了一枚外，全部命中。这样统计下来，十枪里命中七枪，成绩不错，跃居第一。车友们纷纷夸赞我不负众望，我也终于松下一口气，骄傲地扬起手中的枪杆，此时此刻忽然思维跳跃，想要吟诗，对，就是吟诗，和古人那样。

故都迷岸草，望长淮，依然绕孤城。想乌衣年少，芝兰秀发，戈戟云横。坐看骄兵南渡，沸浪骇奔鲸。转盼东流水，一顾功成。……

这一段话是从小说《琅琊榜》里读来的，留在脑海中久久未忘。我怕陡然变身古人惊着车友们，还是选择低调地在心里默诵一遍，但字字清晰，回响耳畔。《琅琊榜》讲述了一个中国版的王子复仇记，是一部热门的网络小说。以前我很少看网文，更别谈长篇累牍的小说。但这个故事改变了我的想法，它透过架空历史故事所表达的人性的多面与命运的无奈让我印象深刻，也最终令我答应受邀扮演故事里的一个反派人物。

刚才打完最后一枪时，我不知道怎么就想起了那个人物的命运。他是一个庶出的王爷，从小活在权力斗争的旋涡中。他身上的坏，大多是被逼出来的，是生存下去的自卫本能。尽管最终仍以反派应有的结局落幕，但这位王爷的所作所为赢得了我的理解。就和射击一样，射偏未必是不想射中，而是早了或者迟了。

可惜的是，不是每个人都有重来的机会。

许多朋友看惯了我演正面角色，不明白我为什么会选择反派来演。其实对于我来说，好的戏剧人物从来没有正反之分，好的戏剧人物有让人钻进他灵魂的冲动。他也许不完美，他也许坏脾气，他也许优柔寡断，但这些全都是活生生的人性，每个真实的人都回避不了。当这些人性互相冲突，艰难地突破一个个限制，获得成长，就是人物最精彩的地方。

除了《琅琊榜》之外，我在古龙原著的《流星蝴蝶剑》里也演过一个富有悲剧色彩的反派人物，这个人物的内心层次极其丰富，如果顺着他的思维方式去考虑问题，非常容易迷失方向。一念地狱，一念天堂。在很多抉择的路口，命运落差的幅度跌宕到令人无法想象。深入追究起来的话，世间许多问题都是无解的，唯有留给时间去回答。所以，欣赏一树花开即是风景，未必非要尝到果实的味道。

究其根底，我觉得演戏也有一个惯性的问题，要想不断开拓自己的新能量，就不能总是躺在过去，躺在固有的形象定位里面。这一点非常关键。

早年在新加坡拍《爱情男女》的时候，伍宗德导演打了这么一个比方："一个人站着说话是合理的，坐着说话也是合理的，但这些合理不是观众爱看的东西，我们怎样才能站上台子说话便能吸引观众，并且合情合理，这才体现了我们表演者的价值。"这番话我多年来一直记得很清楚，因为它对我有着非常大的意义。在此之前，我虽然也经常提醒自己不能原地踏步，但真正落实到表演上时，很多角色往往还是凭着经验和惯性来处理。直到遇见伍宗德导演，顿时有豁然开朗之感。他的建议经常会超出我思路的界限，而我及时反应到表演上的变化又激起他新的灵感，互为成长的合作关系就是这个样子，非常享受。

砰砰砰，枪声此起彼伏。队友们分头进行着他们的射击体验，朝我保持的最高纪录发起挑战。最后的结果，冠军出人意料地被队里唯一的女骑士摘得，十发八中，相当精准！瞧，男性在运动领域应强于女性的惯性，又被打破了！训练营中一片欢声鼎沸。麦哥在给冠军女士拍照纪念，阿豪和卡尔互相打趣谁的技术更烂，显然，大家收获了意料之外的乐趣。

如果能找到我的老朋友，我很想与他分享这个体会。时光如白驹过隙，转眼

办公室

沧海桑田，成败皆是一时而已。命中红心的意义，不一定非得执着到底，换条思路的跑道，或许能遇见更美的风景。

不过，我坚信，他始终是扬着笑容大步奔跑的人，任何阻碍都绊不住他。

长枪在手，必要发射！砰！

风过林间

吃哪里补哪里，万峦猪脚补脚力，味道超赞。HERO训练营的伙伴们对于美食有着一致的兴趣。当然，我们更愿意被称为爱美食的骑士，而不是驾着哈雷的吃货。一盘猪脚端上来，嗖几下筷起筷落就只剩下光盘如镜。再来一盘！边吃边好奇为什么这里的猪脚这么出名，据说是因为生活在这里的猪日子过得比较舒适快乐，整天无忧无虑的，所以肉质细嫩松弛合宜，味道特别鲜美。骑士们才不相信这样的鬼话，但显然被激起探索附近生态风景的兴趣，高效率地享用完美食，即刻整装出发！

下午的行程偏离海岸线，从185沿山公路往吾拉鲁兹部落前进。山脉中间簇拥着平原，人烟稀少，道路在两侧树木的掩映下微微起伏蜿蜒，让人仿佛身临欧洲或北美的林地。我们不自觉地放慢骑行速度，情不自禁地被四周景色所吸引。

风从路畔林间拂过，裹挟着清香气息，一场天然嗅觉的SPA。这是一片少见的落叶林，不见绿叶满目枝干的深棕色调，别有一种苍茫沉远。热爱摄影的麦哥，终于忍不住停车取景。大家也乐得在此稍事停留。

我独自走到林间，抬头仰望。环绕在四周的每棵树都笔直耸立，插入苍穹。它们包围着你，为你撑起一片容身空间，不是温柔的接纳，而是笃定的许可。看似不经意，却在硬朗气息中流露着容纳与关怀，有点像父爱。

我的父亲有一副好嗓音，沉稳醇厚，不缓不急，当年每家每户打开广播，都能听到他在警广台主持节目的声音。我小时候的生活几乎都是在警广度过的，学校的家庭作业也在警广写。由于从小耳濡目染，我做过小小配音员，曾帮一部电

/ 垦丁海岸骑行 /

/ 风过林间 /

影中的狗狗配音。影片中所有OS都是自己负责创作，比如狗狗开口闭口、喘息声的秒差，都经过仔细设计。后来，我还在警广的广播剧《平平安安》里饰演角色。我在录音室里自己做开关门的音效和环境音，非常有成就感。此外，我还记得警广里有一间摆满了黑胶唱片的仓库，我常利用高高低低的梯子取下唱片，虽然年纪小，但这可是我的一项绝活呢！

进出录音间成为我与其他同龄孩子相比，非常特别的一种童年经验。这所有的一切，都是拜父亲所赐。他被业内人赞为"配音皇帝"，荣获过金钟奖最佳导播。我在整个成长时光里都是以他为骄傲的。不过，关于这些我从没亲口告诉过他。小时候，他对我和弟弟的教育比较严厉，我们都有些怕他。长大后，又觉得表达爱与崇拜是一件有点尴尬的事，所以就一直沉默到现在。而今望着这片落叶林，父亲的声音不知怎么就闯入了脑海，想象着他若能朗诵一首关于此地的诗，一定美好合宜极了。

稳稳的，男人的幸福感来源，大处是事业，小处是照顾好一个家。父亲除广播主持工作外，当年一手创办的传呼秘书台公司，最鼎盛时拥有两百多名员工，良好的服务品牌在用户中颇有名声。不料，没过多久手机面世，传呼产业顷刻间遭逢全面崩塌。父亲正郁闷失落之际，屋漏偏逢连夜雨，合作的朋友将巨额赌债转嫁到公司财务，一夜之间公司宣告破产，我们全家被迫欠下几千万台币的债务。

这个打击对于爸爸来说，不亚于一次忽如而来的大地震，影响了他整个人生的走向。母亲终日愁眉不展，弟弟还在美国读书，我们全家人的生活被残酷现实狠狠扔进了窘迫的境地，那种浑身上下冰冷无助的感觉，我至今清晰地记得。我的第一个反应，就是告诉自己，你是家里的长子，最需要你的时候到了，你不能退缩、不能害怕，你必须要担负起责任。第二个反应，弟弟还小，学业不能荒废，除了解决债务问题，仍要努力供他继续念书。第三个反应，爸妈从小照顾我，如今该换我照顾他们了，不论前路有多难都一定要挺住。

父亲为偿还债务，提前从警广台退休，取得六十万台币的退休金。但这些钱不足以填补巨大亏空，家里的房子被抵债了，我们搬到一间非常窄小的出租屋里。许多家私都没能带走，只有一些随身衣物被打包进纸盒堆放在墙角。这样的"落难记"发生在我的青春期，同样给我的人生烙下了难以磨灭的印记。

深夜里，我就着昏暗的灯光计划着每天需要完成的任务。百货公司做策划，书店当搬书员，大学福利社切水果……每一个能赚钱偿还债务的机会，我都非常珍惜，仔细地把时间安排错开，努力全部干完。满是梦想的青春，就那样变成了满负荷打工的时光。

说实话，我感叹过命运的不公，甚至暗暗埋怨过父亲。但命运的考验就是如此，想再多也没用，你唯一能做的就是面对现实。家里的动荡不安，终结在我当上演员之后。因为我终于有能力去有计划地偿还债务，而不再是打零工应付生存。电视台日夜无休的拍摄模式令不少同行支撑不住抱怨辛苦，我却始终乐在其中。每个固定拿片酬的日子，按时把钱拿去还债，看着欠款的数字一点点减少，是整整长达十年岁月里对于我来说最大的人生乐趣。

"我要做家里的脊梁，成为一个有担当的男人。"这个信念坚定地烙印在那些时光里。后来常有媒体评价说，我是荧屏硬汉小生。不可否认，我在角色里面展现的一些特质与自己的人生经历有着密切关系。而其实，一切人生的坚强，无不来自于磨难。如无磨难，你又怎么知道自己可以发挥出那么大的潜力？

终于待到多年后的一天，所有债务都还清了，我如释重负。但父亲的脸上并没有出现我所期待的欢乐轻松。他的样子，是平静的，看不出喜怒哀乐，只看得到岁月将他变得憔悴苍老。就像我身处的落叶林一样，纵然始终孑然而立，却已失去了最好年华的绿色。

父亲在经历了一段悲恸低落后，对债务这件事看得特别淡然，见到我努力还债，他也从来没有过多的表示。这种态度曾让我暗生不满，觉得自己一点儿也不了解他。可是后来，我渐渐成长，慢慢学会从接纳包容、体谅对方的立场去看问题，终于从父亲的平淡里看出了内情。我看出，其实许多年来他一直在为自己的无能为力而失望，也一直在为把生活的担子都压在儿子身上而愧疚。他的平淡是为了掩藏他的情绪。但是他始终没有与我交谈过，正如我也始终没有与他交谈过一样。我们父子俩都是内向的人，又都太过要强。

风吹过树林，沙沙声不绝于耳。我想，这次回去以后，或许我们该好好喝杯茶、聊聊天。

我沉思的样子，被麦哥拍下。"怎么感觉一路上，你都有心事呢？"麦哥很细心。我转身走出树林，指着旁边一片开阔地问："那里种的是什么？"麦哥

/ 风过林间 /

扭头望了一眼："凤梨。""好美的凤梨田，我妈妈比较像它……""什么？"麦哥一愣。我笑了，差点把麦哥当成我要找的老朋友了，没头没脑的说话风格不是每个朋友都能懂得。"我妈妈是外婆最小最宠爱的女儿，她性格可爱，柔而不弱，对自己的选择始终很坚定。"

麦哥又看了一眼凤梨田，还是没明白我的意思。"凤梨紧紧靠着落叶林，外

/ 风过林间 /

壳坚硬，内里柔软，甜似蜜，香如花。"我继续说着，忽然想到这番话要是回去后说给妈妈听，她一定会嫌弃凤梨长得不好看，认为我在揶揄她。我忍不住又笑起来。麦哥应该不想再费劲揣测我的意思，他举起相机，咔嚓留住了此刻。

落叶林，凤梨田，还有一个不知在说着什么的我。

星光

不停歇地骑行了四天，我是真的有些累了。心里想得多，身体也跟着疲惫。紫灰的暮光下，车队骑行到今晚的宿营地七股春园农场。

天际被夕阳染成深深浅浅的紫红色，而后再一片一片被灰色浸染，仿佛一场声势浩大的色彩秀。灿烂过后，缓缓归于平静。我觉得后背阵阵酸痛袭来，手臂间或发麻，没有吃晚饭便匆匆倒头睡下。拍戏的时候练就的功夫，身体一有不舒服，就立刻补觉。赶在健康红灯亮起前把状态调整过来，是十分有效的方法。

七股春园农场的房子有些年头了，四周墙壁还保留着旧时候贴瓷砖的装修习惯。明晃晃光润润的白色方砖，有种复古的冷感，影影绰绰倒映着屋里东西的影子，好像能带着人穿越到另一个世界里去。我拉起被褥盖住眼睛，不再胡思乱想，只几分钟就坠入梦乡。

梦里，我真的到了另一个地方，那就是海边。云朵遮蔽晴空，阴沉沉的马上就要下雨。海鸟胡乱地飞，盘旋在空中。我口渴想要一杯冰咖啡，但四下无人。我高声喊了几声"有人吗？"此时，一双红橙色运动鞋闯入视野，就像在阴霾里点燃了一盏灯，整个世界的颜色倏地鲜亮起来。

我心里一紧，不用猜我就知道是他，我一路都在寻找的老朋友。可是，在梦境里依然害怕这只是个梦境，我怕自己忽然醒了，他就会消失不见。于是，我用很慢很慢的速度抬起头来，望向他。他站在原地没动，笑得非常灿烂，像阳光倾泻而下，但没有声音，像默片一样。于是我明白真的是场梦，遗憾地叹了口气，转身走开。此时，听觉忽然又通畅起来，我听到他在身后叫我的名字。我没有回头，继续走，走着走着就惊醒了。我看到自己躺在七股春园农场的老房子里，四周都是晃眼的瓷砖。屋外真的有人在敲门叫我的名字，不是他，是阿豪。

明天就要从七股往台北骑行，春园农场是这次骑行中车友们最后一个同度的夜晚。阿豪说大家在准备烧烤，要好好尽兴。

我跟随阿豪来到户外，暗黑中一丛丛光亮，木炭生起火堆，夜的农场已经成为闪烁的银河。牛肉切成薄片涂上鲜咸酱料，米肠、肉肠、多春鱼排着长队，玉米刷了芝士馥郁多汁，生鸡蛋裹着银色锡纸亮得晃眼。食欲一下被勾了起来，我迅速加入到伙夫的队伍里。

家庭聚餐的时候，烧烤就是我的强项。生炉子、备原料，守着炭火一样样烤熟美食，再香气腾腾地送到家人的餐盘里，这给我非常多的幸福感。有机会能为车友们也服务一次，真是太棒了。他们接过盘子时的谢意，不住咂吧嘴的满足，都让我内心的欢乐指数蹭蹭往上飞涨。刚才那个短暂而惆怅的梦的记忆，也被这热闹的愉悦赶跑了。

夜里的天气特别晴朗，星光映照着农场，农场里充斥着美食的气味和热闹的交谈声。听闻爱斯基摩人交谈的方式是把彼此冻成雪块的声音带回去，生一盆炉火慢慢地烤来听。我们也很想效仿此法，把相互交谈的内容都烤进好吃的食物里，回去后饱饱地美滋滋地回味。

应景的话题是星空，就像《红楼梦》里的诗社一样，冬日里踏雪寻梅，大家无非就是找一个共同兴趣。车友们填饱了肚皮，各种天马行空，有人科普航天工业的发展，有人描述科幻电影场景，有人讲述童年星空下纳凉的旧事，还有甚者，拿出一顶毛皮帽子给大家演示，说他脑海里最美的星空是零下三十度的长白山，带着皮帽躺在露台上数星星，还要来点水煮花生，数一颗星星吃一颗花生。

大家笑到乐不可支，这帮老男生的轻狂可爱真是一点不输年轻人。轮到我讲了，我说拍古龙原著的武侠电视剧《流星蝴蝶剑》时，为了替角色修改一下最终结局与导演争执的经历。大家纷纷抗议，说我偏题。我反击说《流星蝴蝶剑》不是有"流星"吗？明明十分切题。满场静默数秒，笑声更加热烈。我的冷幽默，看起来"笑果"不错。

卡尔心疼我，觉得我有些苦中作乐，追问这样的争执会不会影响表演事业？我感动地拍拍他的肩头，能说出来的往事自然早已风轻云淡。导演与演员之间意见相左的情况，常常会发生。只要是为了戏好，最终都能互相体谅。

　　我告诉大家，自己拍过不少热播剧，但拍得最开心的却是一部不曾热播的农村剧《永不褪色的家园》。这部戏的外景地在福建长汀一个与世隔绝的小山村里，漫山遍野的绿意，上了年岁的木屋土墙，池塘清浅，小路弯弯。那里的星空和七股农场的星空一样美，一到晚上就闪烁不停，犹如童话世界一般。离开喧嚣都市，心情放松，仿佛每天都在度假，拍摄再辛苦也乐在其中。我在那部戏里遇到台湾老牌演员张晨光大哥，他毫无资深前辈的架子，与我娓娓相授表演与人生

/ 春园农场夜晚 /

的经验。看到曾经红遍整个华语地区的一线男演员，能够如此淡然地任凭年华老去，能够继续活跃在年轻一代担纲主角的片场里，只因为他依然喜爱表演。我对自己以往执意坚持的某些东西找到了信心。即便有时不被理解，即便不知前路通往何方，只要我们确定当下做的是自己想做的事，那么就永远要满怀希望、满怀热情。

大家纷纷认同我的观点，开始发散开去聊起各自遇见的不同境遇。生活里的各色问题总结起来，大同小异，大多都是性格和心态造成的。学会从自我内在寻找问题、解决问题，比一味追究外部原因有效得多。比如骑行，比如当下的夜聊，其实都是一种与自己对话的方式。希望，将来能有更多这样的机会。

星空下，浓情渐渐变得安静。还未到离别时，已生离情。五天环岛的行程，不知不觉进入倒计时，大家都很舍不得。虽说其中大多数朋友住在台北，但要再聚起来不是一件容易的事。结束了这一程，各自回去忙各自的工作和生活，就与漫天星辰一样，都有属于自己的位置，再碰面，并且还是同样这些人，真不知是在何时。哈雷彗星七十六年见一次，我们的约会要多久？

我抬头望星空，但愿不是二十年……

茨维塔耶娃的诗里有一段：你是否还能认出我，在旧世纪的群星中，总也不肯坠落的那一颗。那时候，你是否还能分辨出我的光泽，然后呼唤我越过银河系，飞临你的星座。

我闭起眼，想起白天遇见背着红色可乐瓶盖的寄居蟹。不知它睡在白沙的浪花里，是否也望着同一片星空？麦哥走过来，夸奖我的烤肉火候刚刚好，多一分嫌老晚一分太嫩。被兄长赞扬是高兴的事，我呵呵一乐，正想谦虚两句。麦哥接着又说，希望能看到我坚持梦想，拍出更多精品，因为他相信我可以做到。

一瞬间，我有些恍惚。好像这番话，应该是由老朋友口中讲出才对。阿豪捧着一条青花鱼走过来，不由分说塞进我手里。"来吧，尝尝阿豪专利忘忧牌青花鱼，吃下以后包你返老还童，天天开心！"原来，他们都看出我这一路骑行似乎有些心事不能放下。"真的吗？你的话十句只能信三句！"我嗔怪地咬了一口青花鱼，还真香！

阿豪哈哈乐了起来，笑声犹如要穿透黑夜般地爽脆。我第一次觉得，他笑起来很像我的老朋友，麦哥的善解人意和卡尔的细心体贴，也很像老朋友的某些地方。

于千万人中遇见你所要遇见的人，是缘分。于千万人中寻找你所要寻找的人，是执念。是不是，我该改变一下自己的想法呢？漫天的星光闪烁，我和亲爱的朋友们在一起。

这一刻，是全身心的满足。

你，不想继续找我了吗？

不是。

我能看到你内心的想法，别撒谎，它在说：是！

我只是想，也许应该随缘。

哈哈……

笑什么？

这才像你说的话。

几个意思啊？

我一直觉得你老了也应该很洒脱。

谁老了？

别撇嘴，我们都不老。

……我今天终于找到寄居蟹了，超奇怪的可乐小子。

你不会觉得它是我变的吧？

是。

你今天说话还真够简洁。

环岛只剩最后一天，你会出现吗？

……

看来我说话还是不如你简洁。

其实我……

好了，不聊了，有点不舒服，我先睡了。如果你愿意出现，明天见！

喂……

Day5 七股—台北

骑行路线：七股农场→台湾最西端国盛信号塔→台61快速道→九天民俗技艺园→莫内咖啡→台北

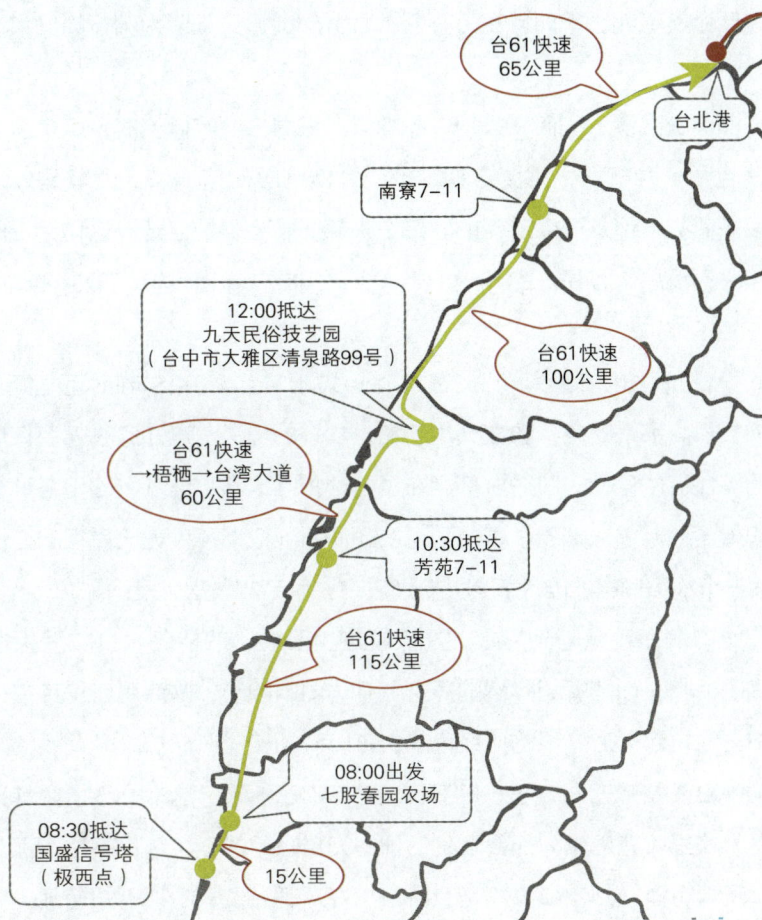

台61快速
65公里

台北港

南寮7-11

12:00抵达
九天民俗技艺园
（台中市大雅区清泉路99号）

台61快速
100公里

台61快速
→梧栖→台湾大道
60公里

10:30抵达
芳苑7-11

台61快速
115公里

08:00出发
七股春园农场

08:30抵达
国盛信号塔
（极西点）

15公里

Part 2　环岛：那些遇见与错过

勋章

背部酸痛了一整夜，睡眠无法深入地断断续续。随着时间渐渐过去，感觉有道光从黑暗里射进来，愈来愈亮。环岛之行第四缕晨曦穿透天空，最后一个骑行白日即将开始。我起床穿衣，肩膀有些沉，挥起胳膊动作夸张地抡了抡，还好，不麻。这下，心里隐隐盘旋的阴影消除了，我顿时轻快起来。

我的担心是有缘由的，因为一觉睡醒后浑身麻痹不能动的不安曾伴随我很长一段时间。那种情况是中枢神经遭到脊椎变形压迫造成的，每次突然发作时我都害怕会就此瘫痪不起。幸而现在云开雾散，背部酸痛只是因为骑行时间太久肌肉疲劳所致。

我一面穿衣洗漱，一面高兴地哼起歌来。记得去医院体检时，医生总会说，人的身体也是一种机器，需要定期维护，才能延缓使用寿命。尤其是外来的硬伤，在很多情况下都是可以避免的。每个人都要学会爱护自己。这句话说起来简单，做起来真没那么容易。尤其一个男人，总需要从懵懂莽撞、年少冲动中一路走来。

比如，我的眼角有道疤，现在看起来浅浅的，当年初来乍到时可是颇有些血流如注的壮烈。那个时候，我在大学念书，年轻的男孩子不知道去哪里挥斥二十岁出头的雄性荷尔蒙，一腔热血都洒在了各种相互比斗上。从校园里各种社团赛事到校园外各种七零八碎的小事。到现在还清晰地记得那种无比重视的心情，仿佛须臾间一个小小输赢就能代表男儿尊严，有些可笑却非常可爱。

被一个啤酒瓶重重砸到脸上，在影视剧里演烂了的桥段，真实发生在自己身上时真的很爽。你能听到碎裂的声音在耳边闷闷响起，脑海里还一片空白的时候，眼前已经拉起一道厚重的血红色的帘幕，流动着些许温热。隔壁系的几个男生在上学中途最偏僻无人的地方拦下我，出其不意地来了这么一下。究其原因，不过就是学校里所有男生间都会发生的那些无足轻重的争执。只不过，那个年纪的我们，玩得有点激烈。如果不是有警察正好巡逻经过，我都不知道几位兄弟会不会就此尽兴离去。如果再被砸上几下毁了容，也许我后面的整个人生都会和现在不同。但是，当时年少的自己并不懂得珍惜身体，更不在乎什么容貌，最大的信条就是勇者无惧。

缝针拆线后，摸着皮肤上微微凹凸的痕迹，想说伤疤是一个男人身上的勋章，我心里居然还有点得意。到若干年后，去空军服兵役；再到若干年后，到海峡另一头发展谋生，这个念头逐渐变得不同了。我开始自嘲年少轻狂，也慢慢懂得我所谓的"勋章"是多么沉重的字眼。

除了这个小印记，我的脖子上还有一道疤，它可比眼角的疤长很多。那是2012年的初春，我在台北医院做颈椎间盘置换手术留下的。也就是它，终结了我持续多年担心瘫痪的不安。对于演员来说，颜面区域的皮肤状况非常重要。医生当时说疤痕微小，不会影响我的表演生涯。但我认真想过，真的要影响甚至终结，也是一场宿命，必须去接受。

走过十多年的演员生涯，身体早已不能完全属于自己。只要摄像机一转动，身体就成为作品的一部分。颈椎间盘置换手术是拖到不得不做我才住进病房的。追究其病根，与我入行当演员后接拍了不少动作戏有关。在台湾民视时，我就拍了数百集的古装武打戏；到内地发展后，又连续接拍了多部动作戏，从清代到民国的都有。当时仗着年轻肯吃苦，再难的动作都能坚持下来，没有时间也没有意识去好好爱惜自己的身体，不曾察觉长期劳损渐渐让我的颈椎不堪重负。

2007年的夏天，著名导演张纪中拍摄梁羽生武侠作品《大唐游侠传》，在众多知名演员里选中我担纲主角。对于我来说，这是一个挑战，也是一个非常难得的机会。素闻张导艺术要求高，我就愈加重视和努力。在炎热的天气里，每天都穿着厚厚的古装拼杀在拍摄现场。因为担负着大量的戏份，我又坚持能不用替身就不用替身，亲自完成各种高难度动作戏，却未知潜伏的危机已经离我越来越近。

那是一个在瀑布下练功的镜头，导演精益求精反复拍摄。最后一条，我饰演的大侠亮完招式猛一甩头。导演满意地喊过了，我却听到脊背深处传来一声"咔"。霎时明白，连轴运作超出负荷的自己终于被身体叫停了。想来无奈，也是必然。

在面临高位瘫痪的恐慌里，家人冒险陪我乘机返回台北就医。无助的时候，我会特别想家。岁数再大，性格再要强，也是一样。把一个支离破碎的自己安放回普通却温暖的家里，我笑着反过来安慰特意赶来安慰我的亲人们。真的不是硬撑装出来的坚强，而是因为安心，从未有过的安心。无论什么结果，我都会为自己的将来埋单，不怨不艾。幸而错位凸起的颈椎间盘没有立刻摧垮我的身体，病情没有想象中严重，医生认为可以进行保守治疗。于是，仅休息不到半个月，我就又回到剧组，继续拍完了《大唐游侠传》。

不过从此以后，我就多了一个如影随形的伙伴——脊椎伤患，或者称它为定时炸弹更合适。我为此放弃过不少动作片，改拍文戏较多的作品。但保守治疗毕竟效果有限，在连年精密的MRI（核磁图）比对下，伤势逐渐呈现明显恶化态势，椎间盘严重挤压神经，不仅常使我一觉醒来浑身麻痹无法动弹，到后来就连用力甩头都有瘫痪风险。两位权威神经外科医师郑重建议我，必须进行椎间盘置换手术。

当时，我曾在微博里感慨：出来混江湖早晚都要还的，我不怕还债，就怕没还好影响后面的债务偿还计划。人生如果是一场战役，那么决定性的一战就在此刻。战败的话，大不了埋单走人。

有那么一瞬间，我体会过无法形容的脆弱。我想象着，如果手术真的失败，瘫痪了，那么我宁愿永不醒来。熬了这些年，好不容易还清了债务，让家人过上好日子，我绝不能允许自己成为他们的负担。幸而这样极端的坏运气没有降临在我头上，感谢上天眷顾，手术非常顺利，成功把病痛治愈。从全身麻醉中醒来后，我如释重负般快乐，终于再也不用背着沉重的不安，终于又能做回那个superman。

经历过那次手术后，我也不再像年轻时那样轻松地以为，每道伤疤都是男人的勋章。但每道伤疤一定都有一个属于它的故事，对于主人来说弥足珍贵。比如我脖子上的伤，我觉得可以看作是自己在演员这个行业里全力拼搏过的印记。

在福建拍摄《永不褪色的家园》时，化妆师在我背部做了特殊造型，是关于一个特警战士在执行任务保卫国家时留下的很多条伤疤。"贯穿伤，被重武器击中后死里逃生留下的疤。那才是勋章，才是一个男人光辉生命的价值！"我背负着那些伤疤，演着战士的故事，脑海里不断冒起这样的念头。

当演员之所以幸福，就是能够从角色身上汲取能量。那时，距离我动完颈椎盘手术刚过半年，我的颈部伤口还未完全消肿，而内心已被治愈获得新生。

洗漱完毕，收拢回忆，扣好衣领，藏起伤疤，我手托头盔走向户外，我的哈雷正在阳光下等着我。不管过往藏着多少伤痕，每一次出发，都必须精神抖擞、全力以赴。这才是骑士的精神。

环岛还剩下最后一天，也是行驶距离最长的一天，我们要朝着目的地冲刺，那里是终点，也是起点。

/ 春园农场清晨 /

人在殊途

望不见尽头的鱼塘、盐田，视野开阔到画框的三分之二都被碧空占据。台湾西部的海岸，与原始风貌的东部不同，少了几分嶙峋傲骨，多了几分温柔含蓄，到处遍布人类繁衍生息、不断进步的痕迹。若非我们的行程特意设计在旷野之间，我还将遇到繁华、现代更胜台北的高雄。这片土壤，生态的不同使生活的节奏发生变化，以致生命的状态也完全不同。

台湾不大，地形起伏却特别大。从最高峰玉山到海平面，巨大落差将近四千米。整条中央山脉纵贯南北，隔开了东、西两个部分。东部沿海多地震，每当夏季来临时，猛烈的飓风盛行不衰。西部沿海则密集排列着城市群、铁路、工厂。从春园农场出发后，我们沿途看到了七股非常有名的盐山，渔业繁忙的村落散布在平原上，触目可及都是耕作生产欣欣向荣的景象。

七股的盐山是全台湾面积最大的，此外，同样面积最大的潟湖也在七股，人称"内海仔"。潟湖是海岸边独特的地貌，由于波浪向岸边涌来时裹挟着大量泥沙，这些泥沙天长日久聚集起来形成高出海平面的离岸坝，坝体隔开外部海水使内侧形成相对封闭的小区域海水域。可别小看这些潟湖，它有防止风暴潮侵袭海岸和排水的功能，同时还是个天然养殖场，鱼虾、贝蟹都能在其中孕育繁衍。

麦哥告诉我，七股潟湖最美丽的地方是七股溪河口的红树林，白鹭鸶钟情于此，选作不二栖息地。但这还不是最大的惊喜，除了白鹭鸶，全球罕见的黑面琵鹭也对七股海岸这片湿地情有独钟，每年秋季都会从东北亚飞越千山万水来到这里小住半年，堪称国际级的珍稀贵客啊！

另外，七股还是风靡台湾的小吃蚵仔面线的故乡。虽然做法简单，但其中包含着不少窍门。首要的一条，就是蚵仔要新鲜，个头要大。在台北等大城市，蚵仔面线常是黏稠浓香的糊状，尤其以添加红面线的味道更佳。而在七股，店家会用蚵仔、面线和油葱一锅炒，简约做法旨在体现食材原料的鲜味，美味指数再次飙升。

　　继续北行，进入被中央山脉完全隔开的西部，海风变得舒缓。不知不觉，我们车队的骑行速度在风阻减小的情况下也逐渐轻快起来，真的好像换了一个世界。思甜忆苦，要是缺失了中央山脉的保障，各种暴戾灾难就会长驱直入，台北、高雄等西部大城市便再也无法拥有悠然安居的土壤。

　　余秋雨先生游历泰山后写道：后人批评孔子保守，说倒退都是多余的。这就像批评泰山，为什么南坡承受了那么多阳光，还要让北坡去承受那么多风雪。可期待的回答只有一个：因为我是泰山。此刻所见所感，不管东西海岸差异有多大，它都是台湾。在四面环海的家园，人们更要学会感恩，不能对当下拥有的东西觉得理所应当、肆意挥霍。所有理想的实践完成，都须经历过风雨考验，都被宁愿牺牲的力量呵护着。

/ 在路上 /

157

/ 在路上 /

再引用到我们自己身上,生命历程里有好有坏,都弥足珍贵,因为那都是你自己。初入行拍戏的时候,有位前辈老师就告诉我,演员可以分成两种类型。一种让自己成为角色,另一种让角色成为自己。从字面上看,好像只是顺序有别而已,而恰恰就是这一点点不同使结果差之千里。演员这个身份的关键抉择,也正在于此。

虽然进入演员这一行是命运的巧合,但我越来越深爱这个巧合。正源于这种深爱,我选择了前辈所说的前一种方式。如同"种瓜得瓜",结果从播种时就已经注定。我知道选择什么,就会得到什么,也便从一开始就做好坦然接受的准备。

转眼间,已经做了十多年的演员,在许多故事里都留下了我的足迹。一步步走出来的方是人生的位置,到此刻我终于可以说,我,是一名专业的演员,并无愧于这个职业。对于它,我已建立起属于自己的见解与原则。首先,角色没有大小,也不论正反,只要演员全身心投入就能塑造一个好角色。其次,影视是综合的艺术,一部作品得以最终呈现凝聚了整个班底的努力,包括前期的剧本打造、后期的剪辑发行等,不可尽数。演员是其中最前沿的部分,我们更该明白身负的责任,每一场戏都必须全力以赴。

人们总说演员的艺术生命以分秒计算,可我以为更宝贵的在于观众愿意为作品所驻留付出的时间。有所共鸣,有所感动,有所喜爱,他们才可能坚持看完长达数十个小时的连续剧。因此,就算面对速成的行业环境,也须尽己所能,才对得起看剧的观众们,也才有资格去面对完成拍摄之后的所有结果。成也好败也好,皆可坦然。

年轮滚滚,实践着我们最初的誓言。车轮滚滚,骑行着我们此刻的征程。台湾最西端的标志是国盛信号塔,车队抵达后在信号塔下短暂休息。极北富贵角灯塔、极东三貂角灯塔、极南鹅銮鼻灯塔,只有极西是国盛信号塔。信号塔的钢铁身躯,科技感十足,与西部城市的发达气质一致。虽然它与另外三塔共同构成了整个环岛的坐标体系,但相貌体态真的迥然不同,就像格林童话里的森林勇士遇见了美国电影里的钢铁侠。

想想其中的差别,我忍不住想笑。我记得和朋友说起自己当过两年网络工程师,他们也是忍不住发笑。IT职业和演员实在相差太大,比信号塔和灯塔的区别

/ 国盛信号塔 /

更有趣。退伍后，为承担起家中的债务，我什么都愿意去尝试。不管哪条路，只要能走通，继续向前走，对我来说，就是正确的路。

　　要论适应环境与命运的能力，我真的可以毫不谦虚地给自己打高分。两年网络工程师，看似与后来的表演生涯毫无关系，但其实它一直在发挥着作用。每次进入新剧组时最重要的一件大事，就是网络架设，尤其是对于我来说有着等同于水与氧气的意义。它能够连接整个世界，让我不被束缚在陌生里，联结熟悉安心的亲友脉络，更直接决定着之后长达三个多月剧组生活状态。不妨小小得意一下，不管遇到多么简陋的环境或者多么困难的情况，剧组住处的网络都是由我亲手搭设的。回想差点儿投身IT行业的那两年里，我曾经成功完成过好多个网络架设和服务器维护项目，收获了老板与客户的交口夸赞，直到如今还常常沾沾自喜。

/ 国盛信号塔旁海岸 /

　　我也会由此设想，如果不是机缘巧合当上演员，那么我是否已经是个专业的IT工程师？而我还是当下的我吗？命运不会给人重新选择的机会，我很幸运已经比许多人的人生路都走得顺畅，如果可以在小地方把自己擅长的东西运用起来，不也是一种乐趣吗？

　　走过不一样的路，才有完整的人生。一个演员怎么才能演出"眉眼中有岁月静好"，靠的就是丰富的阅历。行遍千山，心中自有沟壑峰峦。不少华语影视作

品花费不菲资金，却比不上伊朗仅几十万的小制作影片《一次离别》。也许就是因为主创们没有把人生最真实的感悟放入到作品里，缺乏有价值观、人生观的作品，从而变成流于戏剧形式的工业化产品，没了艺术灵魂。

我望着信号塔，信号塔远眺海阔天空。世间千万条路，千万种风景，珍惜我们所遇见的，好好走。安于当下，不再执着。也许蓦然回首，你心心念念着的人或事，就在那灯火阑珊处。

心鼓

咚咚咚，咚咚咚！

我的老朋友常说，所有乐器里面最接近心脏跳动的声音，是鼓。它尤其擅长表现音乐的节奏，或快或慢，或急或缓，即便没有旋律相和，也能自成一体。

车队沿西部海岸线骑行到台中时，我们迎来了陪跑最后一程的车友。他们身份特别，来自九天民俗技艺团，全台湾最酷的阵头，最棒的鼓艺表演者。这群年轻人可不简单，以他们的故事为原型拍摄而成的电影《阵头》曾经一度红遍台湾。

电影故事讲述了在台湾民间传统阵头文化逐渐老去不为新一代人们所接纳的现状下，不畏天高地厚的年轻人阿泰带领九天团队，凭借一腔青春热血，继承并革新传统庙宇阵头文化，从而让它从庙口走上殿堂的热血励志故事。

影片内容全部取材自九天小伙子们的真实故事，包括平时刻苦训练的点滴轶事与参与各种集会及赛事的台前幕后，其中"背着三太子神偶徒步环岛"的亮点桥段十分吸引人，在观众中引发热烈回响。而实际上从1996年开始，九天民俗技艺团每年7月都会扛着三太子神偶徒步环岛，这已经成为他们团队的一个精神象征。

哈雷环岛遇上徒步环岛，陡生拜码头的崇敬心情。当我们怀着期待来到台中集合地点时，只见九天的骑士们已经齐刷刷驱车而至等着大家。他们果然与一般人不同，个个精气十足。最特别的是，九天车友们还特意用一辆挎斗三轮摩托请来了三太子。三太子是Q版的，浓眉大眼嘴角含笑，坐在挎斗里风采奕奕，可爱极了。我们乍然见到，又是欢喜，又是敬畏，浑身上下不禁一凛，立刻抖擞精神。

"哇哦！太子爷不仅能徒步，还能驾车啊！真是太帅了！"我们所有车友几乎都看过《阵头》，对电影里太子爷淋着大雨奔跑在东海岸公路的画面印象深刻，此刻再见这位大神顿觉无比亲切。看到我们的好奇与喜爱，九天的骑士们十分开心："嘿嘿，太子爷去过的地方可多了，高山沙漠都不在话下呢。"一边说，一边发动机车引擎带领我们朝他们的文化发源地骑行而去。

车队从台中镇区拐入公路，再从公路拐入一片广袤的原野之中。天高地阔让视野和心情同时变得豁达起来，目的地也越来越近。很快，九天技艺园就遥遥在望了。它的样子和电影里分毫不差，周遭是无际的田野，种植着大片农作物；营地居于中央，如同契领着这片土地的精神堡垒，简朴大气而又生机勃发。

车友们列整队形，骑着哈雷依次驶入园内，身体中的热血一点一点在沸腾。偌大的园区里，肃穆的九天玄女宫居于正中。雕刻金龙的黑色圆鼓在大门前一字

排开，自带一股庄重气势。没错！就是它们击打出震撼人心的鼓点。此刻，也是它们首当其冲迎接远来的访客。

　　记得影片里几乎丧失信心的团友质问年轻的团长阿泰："你要带我们去哪里？我们的未来在哪里？"阿泰沉默片刻，注视大家非常认真地回答："我也不知道，但我会带大家去看不一样的东西。"非常坦诚的答案，没有丝毫虚假，但真切给了大家希望。同时，它也是一段阿泰说给自己的青春誓言，想要用尽全身心力气去创造一个未知的新天地。这种一往直前无惧挑战的冲劲儿，真的太像我的那位老朋友了。不知道他有没有看过这部《阵头》，我想如果有的话，他一定会流下共鸣的热泪。

　　正当心潮澎湃之际，九天团长带着队员们迎了出来。团长说，简陋之地没什么好招待客人，所以特意为我们准备了一场击鼓表演，以示心意。团长真是客气了，九天最有特色之物就是鼓，最有价值之物就是由之传递出的精神。初次拜访，便能受此厚待，我们真有点受宠若惊。

　　在冬日的寒流中，技艺团的小伙子们齐齐脱去外套，光着膀子，露出常年晒就的古铜肤色，体型健硕，气势昂扬。只见他们整齐划一地落下鼓槌，呐喊豪

/ 九天技艺园 /

/ 九天技艺园 /

迈，鼓声震天，高高抡起的臂膀充满力量，鹰隼般的目光摄人心魄。

团长本来给大家准备了椅子，可随着表演进行，大家渐渐坐不住了。那一声声鼓响天地共振，连心脏跳动都随它的节奏忽快忽紧。骑士们一个接一个站了起来，完全融入振奋的情绪里。

老朋友常说，玩音乐最棒的地方，就是台上台下的互动共鸣。此时情景，我觉得是一样的。不用区分谁是表演者，谁是观众，大家都在同一个频率里享受同一种欢乐，这种感觉非常棒。

九天的击鼓表演经过创新后自成一派，极具感染力。继承传统技艺的年轻一代，不想照搬旧习俗，更希望蜕变成为新的阵头形式。所以，他们锐意革新，不仅改革了击鼓的节奏韵律，还把电音三太子普遍采用的台客舞加入时下流行的MV舞步、拳击舞等，音乐也突破台语歌的局限，纳入日韩乃至西洋元素。

"我们不要再躲在神将里面，我们要做跟别人完全不一样的阵头。"沿着前辈开辟的道路跑上一段，忽然就会感觉这一天身体里产生了新的萌动，按捺不住地想要拓开一番新天地。影片里九天的男孩们背着鼓徒步环岛，冲进太平洋裸泳；生活中九天的团员们以步行背鼓的方式，登上三千九百五十二米的台湾最高峰玉山，参加撒哈拉沙漠的极限越野，扛着十七公斤重的电音三太子，七天完成二百五十公里的徒步挑战。

鼓、三太子、九天，已经凝聚成为一种精神象征。

我觉得很荣幸，环岛最后一天，来到台中九天，让铿锵落下的阵阵鼓点洗涤心灵。任何新事物的诞生都会伴随着阵痛，但脱胎于母体后就是完全崭新的生命。文化的继承与延续，是我辈之责。若无电影《阵头》，这种旧派古老庙宇艺术也许早已垂垂老矣。

同样地，我又想起了电影《赛德克·巴莱》。魏德胜导演坚持筹备十二年，以雾社事件为原型，拍摄了日据时代居住在高山中的赛德克人为保卫家园，勇敢对抗日本军警的故事。为还原这段不容忘却的记忆，魏导演几乎花尽自己所有积蓄，感动了业界内外。若非有他越挫越勇的不懈努力，莫那·鲁道率领族人捍卫灵魂尊严的精神，无法得以跃过血洗的彩虹桥，跃过太鲁阁、立雾溪，再一次深深震撼了善于遗忘的人们。这些勇敢和坚持，都是一种值得尊敬的传承与创新。

/ 九天技艺园 /

/ 九天技艺园 /

身为影视演员的我，身处此地，感触尤甚。九天团长看出大家群情激动、跃跃欲试，热情地邀请我们体验击鼓乐趣。我和阿豪、卡尔等五人毫不马虎，立马卷袖上阵。电影里看击鼓和现场看击鼓不同，自己亲手握着鼓槌又是另一番景象，但觉心里万千感受和力量，都凝聚到了掌心。待铜锣一响，便洪水开闸般倾泻而出。

咚咚咚，咚咚咚。

我们使出全身力气敲打着锣鼓。巨大的声音震得耳膜嗡嗡作响，周遭一切声音都被鼓声盖过了，世间所有烦琐在此时此刻只被简化成一个打鼓的动作。我的老朋友说得太对了，所有乐器里面最接近心脏跳动的声音，是鼓。

咚咚咚，咚咚咚。

小伙子们九天的环岛之旅，背着沉重的大鼓和电音三太子，我们骑着哈雷环岛，带着各自的心愿和期盼。在这一过程中，信念就是鼓点，一下一下敲打着心扉，激励着不断向前的信心。我们对自己的认知，对伙伴的信任，对梦想的坚持，都在这样的环岛中完成了。

我想，我那位老朋友一定能听到我赤诚的鼓声和心声：只要不放弃，我们永远不会失散。

急速行驶

"赛跑的人就是要一直跑，投球的人就是要一直投，练鼓的人就是要一直打。"离开九天民俗技艺园，《阵头》里阿泰的台词还一直萦绕在耳畔。

骑车的人，就是要一直骑！回台北的最后一程，车队上了台61快速道。没有山路起伏曲折、没有迷失方向的担忧，哈雷终于可以撒开了束缚尽情奔跑，时速提升到一百公里以上。

风声烈烈，仿佛吹开身上的每一个细胞，阳光、空气灌育着它们，愈来愈茁壮强大。每个人每段旅程都有拼命奔跑的一段时间。不在乎一切，看准一个目标，向前、向前、再向前。

我眺目远方，踩下油门。

比起朝九晚五的上班族，我的职业经历使得这种感受更为强烈。我曾经不断地质疑自己，我又不是吉普赛人，为什么要背井离乡四处迁徙过着逐水草而居的生活？电视剧的拍摄周期一般是三四个月，所以我一年满负荷工作的话，从年头排到年尾正好是三部剧。每隔一百天就融入全新的一组人，开始全新的漂泊。最初漂洋过海到内地发展的时候，即使不停地自我安慰鼓励，依然被寂寞和不安重重包裹。一下子离开熟悉的环境、家人、朋友，只为一些看不到的东西。而且很多时候，努力和付出未必就有相应的回报。

尤其当遭遇挫折，怎么也望不清前路的时候，才发现自己真的没有想象中坚强。不过，不论遇见什么样的情况，我从不允许自己超过二十四小时沉沦在脆弱中。前路越是莫测，越要拥有强大的身心。我始终告诫自己："你是个战士，不是流浪者，必须开疆辟土，勇往直前！"

生活不相信眼泪，命运之轮只有一个方向。我离开台湾赴内地发展时，正是民视播出的一系列作品《飞龙在天》《青龙好汉》《世界路》等反馈回响最热烈的时候。我的名字，已经渐渐被大家熟识。而跨过海峡，却要从头开始，重新做一个新人。这样重大的转折，我做出决定的速度却比日常小事更快。面对一条未知的路，我没有怕过，没有后悔过。我心里面只有一个很清晰的信念，我要这么做，我必须这么做，因为一个战士渴望更广阔的天地，他必须利用有限的人生岁月去实现！之后再回头去想，我之所以快速下了决定，也是不希望给自己彷徨的机会。既然认定是必须去做的事，就不要犹豫。当然，促使我踏出这一步的力量来源绝不是一时冲动，而是对自己的充分认识与信任。

虽然不是科班出身，入行也纯属偶然，但表演的大门很快就为我敞开了。总有新人演员请教我该如何提升演技，其实只要你肯用心钻研，多揣摩多思索，醍醐灌顶只是早晚的问题。表演，可以称之为人的一种本能行为，每个人与生俱来都会拥有，就看你是否有决心去挖掘它。当然，这个过程视个人的领悟力，或长或短。我在拍第一部作品《怀玉公主》的时候，也是不停被否定、被批评，甚至被辱骂，但不能因此而畏惧胆怯，一定要把压力转换成动力。物理学上的能量守恒定律在这个时候非常管用，如果你自己绷不住泄了气，那收获的东西与自我提升的机会也会变少。总而言之，就是再难也必须迎难而上。歌词不就是那样唱的

/ 与车友们 /

吗，海阔天空在勇敢以后，要拿执着将命运的锁打破……

　　演员是回馈性的行业，你要敢演，还要敢面对他人对你的评价。收获赞扬自然开心，接受批评更要虚心。来自不同人的声音，都是帮助我们进步和完善的动力。如果你把自己封闭起来，只能听好话不能听坏话，那必将造成偏颇。

　　自从入行以来，我一直以做一名优秀的演员自我勉励。什么是衡量一个好演员的标准呢？有人会说看他当红不当红，有人会说是各大影展的奖项，有人会说是作品播出后的"收视率"。三者相比，我觉得最后一项更有说服力。但这个数字绝不仅仅是表面看起来这么简单，也不仅仅由一个或者几个主演来决定，它的

背后包含了剧本、拍摄、表演、发行、宣传等诸多因素，唯有全方位的综合优秀，才能有效抓牢观众注视的目光。至于演员当红不当红，关系就更小了。

因为父亲是电台导播和配音演员的职业关系，我在成长过程中见到过许多资深艺人，与当红不当红没有任何关系，他们令人欣赏与敬佩的是炉火纯青的演技和多年如一日的敬业精神。父亲常常灌输给我一个观念，"做人要争春秋，不可争一时"。身为演员，努力争取的不是"收视率第一"，而是能在自己的专业领域成为优秀者。对此，我深为赞同，并一直引以为鉴。

2004年正式到内地拍戏，转眼已整整十年。像一个轮回，就与我骑着哈雷环岛一样，有疲惫更有收获。哈雷需定期维护方可保持充沛动力，而在事业上，我自己就是那辆战车。一路行驶，一路补给装备，强大自身，跋山涉水越挫越勇。我尝试过不同的发展道路，我告诉自己车速快不快不重要，切实稳妥地抵达才是目标。在岁月的跑道上，也许没能收获其他人那么多的掌声喝彩，但我能看得见我的战车逐日磨炼，日益变得坚不可摧。

台61快速道上，路况很好，车队以"Z"字形列队前行。哈雷匀速保持在每小时一百公里以上，一颗飞驰了整圈的心却在渐渐减速。年轻的时候要学提速，年纪大了反而要学减速。这是为了让心态变得平稳，唯有心态平稳了才能去思考和总结自己行为上的得失。这次环岛，我是为了寻找失散多年的老朋友而踏上路途的，一路上不断感受与他心灵共鸣之处，在许多地方也都陆续寻到了他的痕迹。可是，就总差那么一点儿，不能够重逢相遇。仿佛有个时空的魔咒，横阻在我们之间。

人与人的相逢，要讲求缘分。有缘者，即便相隔万水千山也能遇见；无缘者，就算擦肩而过也不察觉。环岛，是一个圈，缘分也是一个圈。如果我和他都在绕着这个圈奔跑，速度再快，相遇也有概率的巧合。而这个巧合，有时不取决于我们彼此，而是取决于命运。老话说：七分靠努力，三分靠天意。

天意，到底又是哪般呢？时间分秒滚过车轮，暮色渐渐降临，一轮在西海岸才能见到的满圆落日，红彤彤悬在天际，陪伴着我们环岛的最后一程旅途。我们转弯减速，它也减速。我们直道加速，它也加速。不论快慢，它一直都在那里，不远不近。

有一种说法，我很赞同，与其顶着冷风去看一场平淡的日落，不如随性路过时，邂逅一场日落，独自凝视它很久。这是一番心境的淬炼，除了用每一分每一秒人生经历亲自走过，别无捷径。

这样想着想着，在急速行驶中，骤然间，胸中一片豁然开朗。真正认定的朋友，不管寻或不寻，追或不追，他永远都会在那里，伴着你的人生。只不过，他以不同的形式存在而已，也许并不需要刻意去寻找。

我在环岛途中重拾了那么多回忆并得到了那么多感悟，其实早已如同与老友相逢。还有黑夜里那些仿佛面对面说话般的心灵沟通，都是这一路上的珍贵收获。因为我想找的他，就是昔日那个纯真的少年，未在岁月里老去，未被世俗所侵蚀。

夕阳照得世界一片通透。我踩下油门，尽情追逐余晖光华，前所未有地平静释然。

归途

来的时候，沿着东海岸骑过一站又一站，似乎天涯无穷尽；回程的时候，仅大半天车程，台北就已经遥遥在望。感觉行了很久的路，其实并不遥远。人生路如此，环岛路也是如此。

我们这次环岛共用了五天，时间十分充足。一般来说，全线沿着主干公路骑行的车程，多在三天左右。我为了寻人，请大川兄加入一些特别的地点，因而拉长了路程，总计约在一千二百公里。车友开玩笑说，我们属于"悠环"，展开说就是"悠哉地环岛"。一路走走看看，看看走走，美景美食，优哉游哉。

近年来，不少哈雷车友都会采用这样比较悠哉的方式，用一段比较长的时间从生活中彻底抽离出来，在骑行的同时露营、赏景、游玩，享受回归本性、亲近自我的时光。与此相反，也有一些哈雷车友热衷一种"日环"运动，即二十四小时不停歇地骑行，中途仅花很少时间休整，在一天时间内完成环岛一圈。

很多人也许会觉得不可思议，甚至认为这种行为有些疯狂，无法理解它的心理缘起。细究起来，台湾电影中有不少励志题材的作品，都传递着类似的理念。《练习曲》讲述听障学生七天六夜单车环岛的故事，《转山》讲述二十四岁青年为完成哥哥遗愿从丽江出发骑行去西藏的故事。龙应台的文中写过，人生中有些关卡只能自己去过，没有任何人能替代分担。对梦想的坚持，就像一个人去远行。也许路过江南杏花烟雨，也许路过断壁残垣荒漠，无论什么样的境地，前进后退都是遥远。你唯有咬着牙，走过去。

这些影片中的主人公，他们的交通工具都是单车，比起我们的哈雷骑行，其过程艰辛曲折得多。而相同之处在于，骑行对于骑士来说，是一种自己与自己交流的独特方式。它可以是一种挑战、一种审视，或者也是一种寻找。

大川哥说，他正与内地车友联系，准备策划一趟川藏线的骑行。为了这个目标，他已经给自己的爱车进行了改装，随时随地准备出发去往山路险峻的世界屋脊。麦哥说，他喜欢骑行时搭帐篷宿营，尽管比较辛苦简陋，但那是一种与都市生活截然不同的任意和自由。他非常享受，乐在其中。阿豪说，刚完成这次骑行又开始盼望下一次，只要集结号响起，他可以立刻放下工作跨上哈雷，因为在他心里骑行才是排名NO.1的大事。

我发现，我们内心想要的这些东西，要比《练习曲》《转山》中的那些目标平常得多，也远没有那么热血和激烈。大概是由于年纪大了，不再是孩子了，所以少了一份执着，多了一份潇洒。但其中包含的精神是同样有价值的，若是看过电影《阿甘正传》，便可以体会骑行与奔跑相似的意义。傻傻的阿甘，执着于一个最简单的信念，却达成了一个个让人瞠目结舌的目标。我们不必刻意去学他，也学不来。由俭入奢易，由奢入俭难。在人们的成长过程里，从一无所知到学会各种技能，需要漫长的过程和努力，而这却不是最难的，最难的是抵达丰盛状态

/ 莫内咖啡 /

后的返璞归真，从复杂再次回归简单。

　　大家聊到这些话题的时候，环岛的整个行程已经到了尾声。我们一路疾驰后，在此行最后一站停留休息。爱喝咖啡的哈雷骑士们，聚集到台北城外的一家莫内咖啡。这家店拥有阔绰的露天餐饮区、浓绿植被、流水亭台，洋溢着浓郁的东南亚度假风情。在环岛的车友中，它拥有很高的知名度。从台北出发逆时针骑

行，它是起点；顺时针骑行，它是终点。从南部来的车友则会在路过台北时，将它作为一个必不可少的"朝圣之地"，一边休息，一边与新老朋友相会。

我们，将在这里画上本次环岛的句号。卡尔斯文悠然地品尝着甜品，阿豪依然大声讲着笑话，品客夫妇开始谈论家里的小孩，大川哥和豪哥怕傍晚台北市区堵车，赶时间回家要先走一步。还没来得及有一场像模像样的告别仪式，亲密相伴的五天四夜就真的要结束了。

我走到哈雷旁边，点燃一支烟，拿布把两面观后镜擦拭得一尘不染。朝里望一眼，仿佛看到了整段环岛路途上的风景。久居城市里，日光被各种建筑物切割得支离

呵护"老朋友"

破碎。而这段路途，旷野大片大片完整地盘桓在天地间。视界里的世界，好久没有如此完整。

我忍不住想笑，不是因为有什么好笑的事情，而是从内心里散发出来的愉悦轻松。嗨，man，你玩得高兴吗？我拍拍哈雷。它纹丝不动，沉默是金。我却笑得更厉害了，因为觉得自己此刻的所作所为幼稚得像一个孩子。或者说，当决定骑行环岛的时候，我就已经向着少年般的天真步步迈近了。

后视镜大概从没见我这样畅快地笑过，似有灵性般在夕阳余晖下闪闪发光。我不禁与它对视，忽然竟望到了一张熟悉的脸。二十年没见，面容依稀透着岁月的痕迹，但眉眼里闪烁的清澈见底的率真光芒，却和从前一模一样。虽然蓄起了胡子，但那表情依然有着和少年时同样毫不掩饰的意气飞扬。

是他，他出现了，我心心念念牵挂的老朋友！我僵立在原地，凑近镜子再看，没错，真的是他，我环岛寻找的老朋友，他终于出现了！终于被我找到了！无法形容，在归途最后一刻完成心愿的激动和满足。后视镜折射着夕阳余晖，金光闪闪。他在里面，我也在里面。我们两个终于在这面镜子里相逢了！那一瞬，我激动得握紧了拳头，一动不动地站着，维持着当下的站姿。

我的意思，可能大家有些看不明白了。到了此刻，我想我也需要向自己也向大家解开谜底了。二十年前失散不见，我环岛台湾要寻找的老朋友，不是别人，正是那个在岁月里匆忙走散的曾经的自己。回想我一路飞驰，只顾着在后视镜里看路况、看别人，怎么就忘记看看自己呢？这就好像，我们只顾着在人生道路上不断拼搏向前，总也不记得停下来好好整理思考。

记得有段话这样说，你年轻时的朋友，会是你一辈子最好的朋友，因为彼此还来不及看到完整的对方，来不及看到和社会、岁月顽抗后留下的伤疤和脓口。我觉得，这个好朋友，就是自己。

岁月流逝，年轻的自己逐渐成为一个消失不见的朋友，但如果你愿意用一种方式去剥落在生活磨砺中长满身心的厚茧，解下因不断与世界妥协而设起的高高防线，那个失散的你就会重新从现在的你的身体里活过来，被找到，被拥抱。

环岛以完美的结局驶向终点。

我感谢陪伴一路的车友们，希望他们的心愿也会实现。离开莫内咖啡的最后一程路，我几乎是高歌猛进着骑回了台北。虽然与车友们告别，却与老朋友重

/ 太平洋日落 /

逢。暮色垂落，台北霓虹亮起。周围的人流、车流、各种各样的声浪如五光十色的电影画面般掠过。我内心的城墙却在不断倒塌消失，长久以来压在心底的沉重的累赘，随之一一抛散在风里。

那一刻，整个人轻快得好像要飞翔。

既然找到你了，就不会再与你分离，不会再让你走失不见。从现在起，我要和你并肩驰骋于永远不会老去的时间河流里，一起向前。

喂喂！你真的让我好找啊！

难找才有惊喜嘛！

哈，总是你有理。

我年纪小，你要让着我。

好吧，臭小子。

你知道吗？小时候的梦想，我都已经一个个实现了。

买了可以望见山的大房子，让父母家人都住在一起。

屋子外边有可以耕养栽种的阳光田园，

老爸有兴趣的话每年可以种一垄应季的蔬菜、瓜果。

老妈的化妆室有卧室那么大，

她买了许多漂亮的东西塞得满满的。

弟弟和弟媳，带着三个宝贝，

动漫书、玩具和欢声笑语布满了整个房子。

还有小皮皮，它拥有了一间属于自己的乐园，

每天顽皮开心得像一个小疯子。

你呢？你自己好吗？

寄居蟹，可以藏在好多种不同的壳里面。

就像每个人担当好多种不同的角色，

儿子、哥哥、父亲、朋友……

特别是你当了演员，演了那么多不同人的生活。

你太过理性，又被感性撕扯着。

矛盾的天平座，努力希望每个人都能快乐，却常常忘记自己。

我希望你知道，就算你背负过千百个不一样的壳，那都不是你哦！

名利、声誉、地位、人际关系，它们都是壳。

健康、家庭、梦想和希望，自在乐活有这些足够了！

你一定要永远记住自己本来的样子，闪闪发光地微笑。

讲了半天，就是让我记住你嘛！

聪明！

哈哈哈哈哈……我不会再放你走的。

好啊，那我以后可就赖着你喽，赶也不走的哦。

说定了！

说定了！

这次的约定不能再隔二十年，

嗯，从现在开始，一直到永远！

原来你就在原点，从不曾离开

环岛，
是一个圈。
人生，
也是一个圈。
你从哪里开始，
哪里就是你的起点和终点。

比路程还遥远的距离，
是光阴。
它的长度永远无法预测，
只能用生命来度量。

每一圈环绕，
就仿佛一次新生。
那个最懂你的朋友，
其实就是一路上
被丢失遗忘的自己。

多痛苦，多欢乐，
多艰辛，多珍贵，
他都帮你记着。
在内心最柔软的房子里，
始终微笑着，
等你回去。

在众多不知所踪的过往里，我找回了最重要的『自己』；原来年轻时代的初心与梦想，从未曾远离。

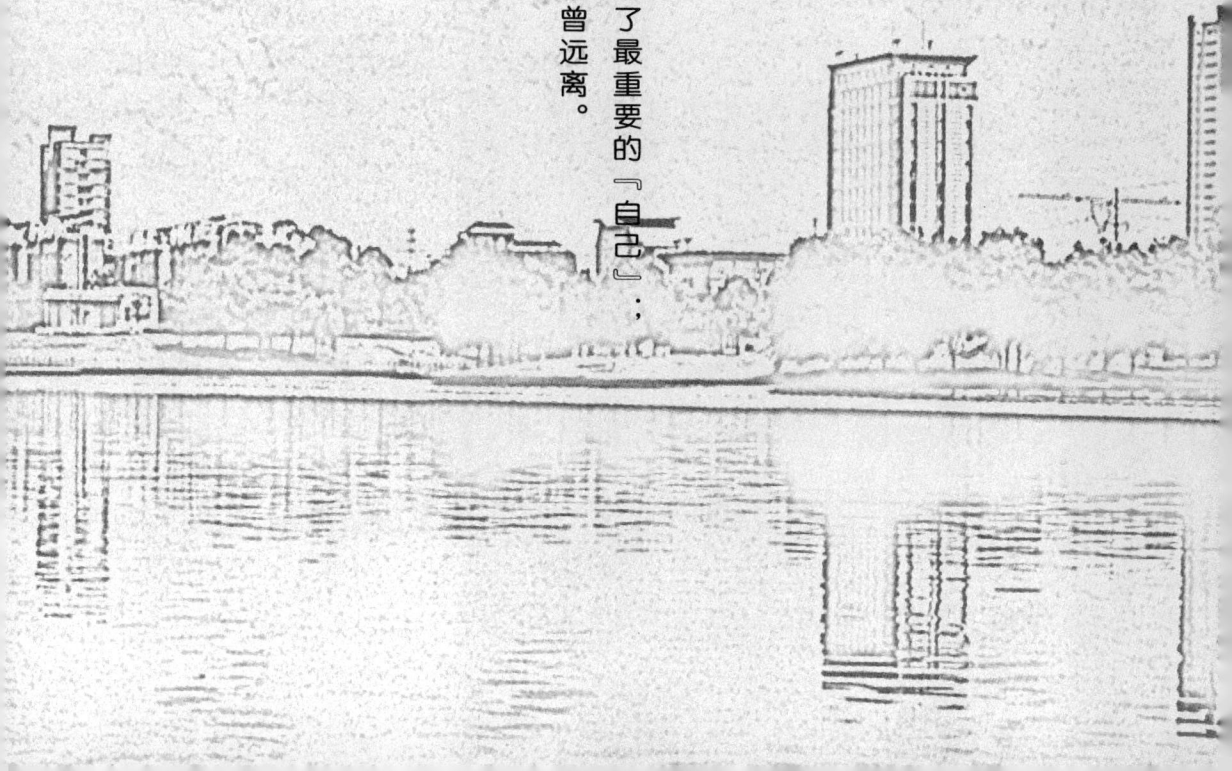

我和他

舒尔茨说："理想如星辰。我们永不能触到，但我们可以像航海者一样，借光的位置而航行。他在时光的彼端，我在时光的这头，我们一直都在这样努力着。"

看起来，我们俩最大的不同是，他年少，是个歌手；我年长，是个演员。而其实，最大的不同并不在此。人与人的区别，以老幼分很简单，以职业分很容易，但这些方式都不准确。最准确的方式，是以人的心灵属性来做指标。有句古话说"物以类聚，人以群分"，心与心之间的吸引，完全源自天然觉性，与外在的各种形态并无很大关系。

的确，有些外在条件会起到一定的影响，但绝不是核心的。所以，世界上才会有冲破世俗枷锁的爱情，才会有年龄相差数十年的忘年交，才会有贫富悬殊巨大的友情……这些自然聚集在一起的精神族群，都有着一颗相似的心和一个相似的梦想。

我以为自己再也找不回失散的他，就是因为我曾绝望地以为，自己已经永远丢失了那颗年轻时的心。午夜梦回，再也看不见阳明山顶的星光，心爱的吉他上覆盖着厚厚的灰尘。点一支烟，嗓子以后能不能唱歌好像早已是无关紧要的事。这种种感觉，让我觉得陌生又熟悉。也许偶尔会思念过去，但身体与呼吸依然现实地存活在当下。

或许职业有所不同，但相信不少与我年纪相仿的四十岁的男人，都会有同样的心路历程。在外拼搏事业，在内守护家庭，我们的时间总被填得很满，根本就没有闲暇去缅怀过去。今天已经是不可改变的现在，明天还在不停抛出各种挑战。我们疲于奔波在越来越模糊的理想里，辛苦完成工作之后，还要时不时穿梭在觥筹交错和人际沉浮之间。会不会有那么一刹那，觉得心里空荡荡的，仿佛眼下一切都不是自己想要的。可它们又都是多年辛苦所得，不敢轻易舍弃分毫。于是，自己就被定格在那个忽然迷惘失重的瞬间里，进退两难。

我与他的不同，就在这里。他有清澈的梦想和目标，可我肩头担着的更多的是沉沉的责任。家里遭逢的负债危机，可以看成我和他渐行渐远的分离线。少年不知愁滋味，用这句话来形容他真的很适合。家境优渥、关系和睦，长相帅气、有些才华，随便在校园里走走就吸引一众女生的目光。和要好的朋友们组建了乐队，自弹自唱闯出了小小名气，唱片公司抛出橄榄枝签约力捧，仿佛全世界都在为他的梦想助阵开道。

可一切美好都是那么短暂。父亲的公司忽然破产欠下巨额债务，全家被迫四处搬家躲债，对他青睐有加的制作人遭遇车祸离世，新专辑刚进入宣传期就接到入伍通知，歌手生涯被迫戛然中断。命运就是这么残忍，好的来了，坏的也一起来。他个性倔强不服输，在军营里继续坚持着演唱梦想，凭借实力赢得了军中歌唱比赛冠军。但当终于服役结束走出军营后，他要面对的却是唱片公司形同放弃的冷藏。家里的债务依然沉甸甸压在每一个人的头上，弟弟还在国外读书，他不能再没有收入。终于，他忍痛与滚石唱片解约，和普通人一样走向职场。

除了擅长唱歌，他几乎一无所长，也没有任何工作经验。但是无论做什么，只要有收入就能替家里分担，于是他开始骑着摩托车四处找工作。那段时间，他到金石堂做过搬书工人，也曾在师大福利社卖水果，与所有初出茅庐的大学生一样，经历过四处碰壁的境遇。什么工作都试过却依然前途渺茫，无力和困顿紧紧包裹着他。后来，他在光华商场找到一份一个月一万五千台币的"工读生"工作，帮忙组装与维修电脑。

走出商场的那一刻，他红了眼眶。大学毕业参过军的自己到底能干些什么？喜欢了那么久的歌唱事业不能养活自己，商场的工作已经是眼下能找到的最好选择，前途到底在哪里？家里的情况不容他再多想，唯有埋头干好手上的工作。因为在部队时曾在电脑中心待过，拥有一些基本经验，所以这份工作干得比较顺利。不久后，他因为业务出色被挖角到中华电信数据通信的代理公司，主要负责中华电信业务，比如交换机、网络布线系统、ADSL（非对称数字用户线路）、数据专线及服务器等相关架设工作。

此时，一度茫然的他似乎找到了未来的方向，可以从混沌无措的状态变成一个有自信有愿景的人。电脑公司一个月工资四万元台币，薪水还不错，老板对他也很赏识。可是，他却依然不快乐。在夜晚无人时，泪水悄悄濡湿了他的枕头。一天工作八小时的工作模式对渴望事业的他来说太局限了，他恨不能一天工作二十四小时赚三倍的钱。这样才能赶紧帮家里度过困境，这样才能赢取重新追梦的自由。

谁也不能代替谁去生活，谁也不能代替谁的喜怒哀乐，从事IT工程师的两年时间，几乎意味着他放弃了唱歌的梦想，与整个演艺生涯告别，个中酸楚只有他自己知道。也就是从那个时候起，他慢慢变成了我。也正是受过这样的磨砺，当我再回到演艺圈时，无论再苦再累我都会咬牙撑过，因为我知道把握机会是多么地重要。

每个人初来世间，都天真烂漫，被生活教育一番后才成熟起来。我真是在最需要学习的时候，被生活严厉地教育了一次。今日再回首，都不知道面对那些大山崩塌般的挫折，当时是怎么忍受过来的。如果命运重演一遍，是否还能挺过来？说实话，我还挺为当时的自己骄傲的。

上天如果在你面前关上一扇门，必定会打开一扇窗。当在前辈的提携下，因机缘巧合进入演员这一行时，我对这句话深有体会。你为之努力了那么久的东西，眨眼间烟消云散、不知所踪，你没那么期盼的东西，却忽然之间幸运降临。我在民视参演的第一部电视剧就获得了观众的喜爱，后来参演古装长寿剧开始担纲男主角，因为观众特别支持我饰演的人物，编剧还为此修改了剧本。自此，我的名字开始被大家所熟知，戏约一部接着一部。在两岸文化合作中，我被电视台推选参演合拍剧《京华烟云》，由此开始了我在内地演艺圈的拍戏生涯。

尽管在成为一名演员的道路上，我也曾经历过不少艰辛，但命运不曾赐予太多曲折迂回，也算一路顺风顺水。和之前追寻歌手的梦想比较起来，两者不同的境遇犹如天壤之别。为此，我尤为感恩。在内心深处，对于演员这个行业，珍惜更胜于喜爱。因为是它，让我可以还清家中债务，让我可以有一技之长立足于世。我常向朋友比喻说，生活对于我仿佛倒吃甘蔗，越来越甜。

我想，除了我，一定有许多朋友也会遇见类似的命运巧合。大学研读的专业，走出社会找不到适合的工作，应聘去了其他岗位一干就是十几年。等到被生活推着不断朝前行进，千山越尽后再回首，当年的执着单纯，可不就是一轮云间明月影影绰绰、恍如梦境吗？而当时的自己，那个他，就活在那场梦里。

剧组收工后，常常夜色已深，回到房间打开我的Ray Charles，泡上一杯Mr.Right咖啡，拉开落地窗帘让月光洒进来。我习惯在这样的氛围里，敲打键盘随性码字。或者找出收藏的蓝光看几部经典老电影，听Philippines乐队唱着振奋的Rock&Roll，情绪就迅速被清洗了一遍。有一位导演朋友说，凡所有相者皆如梦幻泡影，如露亦如电，当作如是观……

将近二十年，我在生活的大河里拼命游着，搏击骇浪，终于赶上一艘小船，可以让自己安稳下来。衣食无忧，事业小成，家庭和睦。可总觉得心里空着一块地方，无着无落。这个时候，我知道，该去找他了。让他回到家里来，不再失散流浪。随着这个念头越来越强烈，我感觉自己离他越来越近。可总是相差那么一点点，无法碰触到他。

想起当年拍《京华烟云》，孔立夫与姚木兰的爱情故事始于甲骨文。为了演好那段戏，培养对甲骨文的感觉，我曾经翻阅不少书籍找寻其起源。在一点点认识它的过程中，被纵横千年的中华文脉所感动。更让我慨叹的是，甲骨文也是贯彻《京华烟云》整个故事的线索，从发现开始，到烧毁结束。小到个体生命，大到千年文化，皆是一个个轮回，因而才能生生不息。

将这番思悟引用到自己身上，我想到了环岛，用一个可触及的轮回形式去唤醒自己内心的感觉。他爱海阔天空，他一定会在最辽阔的地方等着我。有句话说："我们的思想总是在过去和未来，但是我们的身体和呼吸却永远是在当下的。"所以，我既然想找到他，就需要去做、去出发！于是，便有了这一趟环岛之旅。

很幸运，有这么多朋友陪着我踏上旅程。很幸运，我真的做到了，在最后一刻找到了久违的他。只不过，他并不在任何地方，并没有流浪远方，而是一直都在原地，从未离开。只要我愿意脱下那些沉重的硬壳，重新洗净自己，找回清透的感觉，就能与他重逢。

除此之外，我更在这次环岛之旅中，看见了许多从前未曾发现的美景。托当演员的福，天南地北飞行，曾经去过不少地方。直到这次居然才发现，对于生

街头咖啡店时光

养自己的故乡，竟是如此陌生。每次回到台湾，常常一头扎到家里足不出户地休息，能够仔细看看这片土地的机会实在少之又少。当真正有心进行亲密接近时，方被它的美好一次一次震撼。

我一个人出发，我和他一起归来。台北，是起点，也是终点，更是饱含重要意义的原点。也许当初一个不同的选择，我就会成为完全不同的自己。但如果时光可以倒流，我还是会选择按照之前二十多年的人生重来一遍。

我不能保证自己会做得更好，但我一定不会再让他与我走散。少年的纯真和信念，是如此珍贵，我会永远让他伴随着自己，一步一步地共同成长、共同成熟。

山居光阴

　　年少时，我想做歌手，满心都是梦想。那个时候的我，热血冲动，个性张扬，常为一些小事情绪起伏，爱和恨都来得十分猛烈。后来，做了演员，扎进剧组一演就是十几年，出于职业特质，常年体验着不同角色的悲欢离合，我在平常生活中的喜怒哀乐反而越来越少，变得淡然许多。漫漫时光仿佛一场戏，转眼沧海，哪有那么多东西去坚守和执着？

　　最欣慰的，还是昔日的不断拼搏和努力，终于慢慢还清了债务。我替父母在台北买了一间平层大屋，屋子外面是湖，湖对岸是山。这些情景，以前只在梦里出现，如今成了现实。拍戏回家的闲暇，我爱一个人在社区里随便逛逛。社区很大，幽静空阔得像一个隐世的花园。在中央广场边的小店吃三明治时，白色鸽子三五成群聚拢在脚边，仿佛想听我讲述这些年点点滴滴收藏起来的那些心事。

　　那一瞬间，我常被一种叫作"幸福"的感觉慢慢包围。"你幸福吗？"这个话题曾一度引发舆论风潮。幸福的缘起，关乎一个人内心的真实感受，不在于你拥有的比别人多，而在于你计较的比别人少。简而言之，我觉得，幸福就是要学会感恩和知足。放目远望，四周青山抱拥。海子的梦想是有一所面朝大海、春暖花开的房子，我的梦想就是依山而居。非常幸运，有生之年它已成真。

　　每个人的生命走向，常常与其生长的土地相关。种瓜得瓜，种豆得豆，说得一点儿也不错。台湾多山，中央山脉纵贯南北，余脉延伸至台北，在四周生成起伏连绵的天然屏障。古语说"智者乐山"，生长于斯的人们从小就学着与山共处，自然成就了一种特别的原生态大环境。1949年来到台湾的许多军政高官与著名学者，都不约而同地选择在台北东北部的山野隐居，离尘嚣而近山野，自此清

风温泉、闲情雅趣、长寿者比比皆是。

因蒋介石崇奉王阳明的缘故，这座本来叫草山的山脉从此成了世人皆知的阳明山。台北深受山峦气息的泽养，从而显得安适从容。经历几番年代变换，愈发不急不缓。

我从小爱山，觉得高地就是比平原多了一份伟岸和高大。高中毕业考取阳明山上的文化大学，更与山结下不解之缘。每次往返学校，骑着机车飞驰在曲折回荡的山路上。那时，还买不起哈雷，最普通的装备却充满了最拉风的快意。当踩着油门呼啦啦从女生们坐的公车旁飞跃而过时，真是超爽。

我和好朋友们组乐队，也是在文化大学期间。体育馆后背的山路上，有一个我们的秘密基地，天气晴朗的时候那里可以俯瞰整个璀璨辉煌的台北。我至今清晰地记得，拨开小径上葱郁的草木来到那块小小平台，整个广阔的山野裹挟着树叶的清香朝你扑面而来。灯光闪烁的台北，无声无息躺于脚下，安静得如同一幅画。抬头仰望，星光汇成银河，近得紧贴头顶，好像一伸手就能够得着梦想。那个时刻，信手拨动吉他，唱一首自编的歌，整座山都是青春的地盘。

唱歌，是倾诉自己心里的话，是表达自己的主张与想法。这和演戏截然不同。演戏，是演别人的故事，就算真的动情落泪，也是借别人的命运悄悄感慨自己。所有结局，都是剧本说了算，你根本无法左右。做了多年演员，我已逐渐爱上了这个行业，也习惯藏起自己把所有情绪都奉献给角色。但只要音乐声在耳畔一响，总能拨动心底的那根弦。我苦恼多年，皆因为当琴弦响起，却找不到他，找不到那个一边唱自编的歌，一边向往海阔天空的男孩子。心境不同了，我就不再是他了。所以，我一定要找回他。

回忆里，用尽力气投入全身心地纵情歌唱，不是在表演舞台，不是在录音棚，而是在阳明山上。高兴的时候、伤心的时候，尤其是疲惫到快要支撑不住的时候，我就会冲到山崖边毫无顾忌地向旷野大声唱歌。山里有回声，随着风浪一次次地响起，回应着我，鼓励着我倾诉内心不愿示人的脆弱。于是，我更大声地唱，在被共鸣的感动里得到了力量。

我拍了不少古装戏、年代戏，也常常要在山区取景。最早出入这一行时，在台湾拍《青龙好汉》《飞龙在天》，这些都是上百集的长剧，其中有无数打戏，不仅需要冲劲，还要有耐力。这些难熬又难忘的时光都是在台北天母后山的竹林

/ 山居生活 \

里度过的，剧组在那里取景，我们就像避世隐居一样日夜待在山野中。拍戏的空当，我常会爬山做做运动。当登上山顶，徐徐山风迎面吹来，俯瞰竹林遍布的清幽之地，心中那个隐居山林、自在岁月的梦想就会被勾起，无拘无束地享受阳光、绿林是一件多么舒服快意的事啊！

之后，我转战内地，因为拍戏与更多的山相识。横店的山、新昌的山、重庆的山，不同地方的山各有不同的地貌形态，呈现出迥然异趣的美。有一次在浙江拍戏，取景地深藏在山谷腹地，剧组要徒步穿过长长的隧洞才能抵达。其间道路崎岖不平非常难走，而当大家齐心协力从黑暗穿越到光明，眼前豁然一片秀山碧水，如同来到陶渊明笔下的世外桃源，惊喜骤然来袭让每个人都尖叫了起来。

还有一次，在重庆白沙附近拍摄抗战剧，山脉沿着长江旖旎而行，拍戏的时候，透过茂盛树叶的空隙可以望见江水在日头的照耀下闪烁着金光。忽然，有一束光柱直射在我的脸上，就好像被自然岁月的神灵点了名。当时我正穿着戏里的军装，骑在马背上姿态笔挺。我很想说，我会努力还原曾经发生在江岸边的那段历史，力争无愧于此。

Part 3　原来你就在原点，从不曾离开

195

山里的日子，过得很快。拍戏时也是，不拍戏时也是。从外面兜兜转转一圈回到台北，我觉得对于故乡的山，情感渐渐变得不一样，尤其是对于玉山、合欢山、阿里山等海拔超过三千米的高山。曾经，我并不是很喜欢它们遗世独立的孤傲高冷，无法理解热衷攀爬的登山者们到底怀着什么样的执着。而今，我有了新的认知。

相对于山而言，很多人更喜欢河流和湖泊，因为他们觉得脉脉流动的形态比较温柔和亲近，而永远屹立不动的山则显得坚硬冷淡。然而，在我亲眼目睹长江在崇山峻岭间劈开一道天堑，亲身体会隧洞在山峦身体里挖出一条通途之后，我才体会到山那伟大的包容力和忍受力。它确实屹立不动，但那绝非冷淡，而恰是深情，它是用自己的躯体守护着其他流动更替的生命。

再凛冽的严寒、再稀薄的空气、再狂烈的飓风，在高山看来都不足畏惧。为了脚下一方的安然沃土，玉山、合欢山、阿里山联合而成的中央山脉成千上万年屹立在海岸边，抵御着所有已知和未知的危险侵袭。以一条巍峨山脉，化作整个

/社区泳池/

／社区广场早餐／

台湾的脊梁。虚度四十年华，我第一次真正地为故乡的山而感到骄傲。

新家的庭院，对面就是山。清晨时分鸟雀鸣叫，夜幕下虫声呢喃，各种各样生命力的律动缀满了那座岿然不动的绿色身姿。我亲手研磨一壶咖啡，请朋友来院子里坐坐，不消说话，大家的心就在如斯情境里靠得很近很近。买下房子的时候，社区里还有靠湖的单元，视野更开阔。但我唯独看中近山的这一户，从边门出去走上十步左右，就能到达山麓下的业主小菜地。"归去归来兮我夙愿，来年还做陇亩民"，三国年代诸葛孔明的愿望，我替他实现了，想想心里就美。

对于如今行走在外的我，尽管家里早已渡过难关，演艺事业也一路顺利，但来自高山灵魂的激励，却始终成为我人生的座右铭。人活于世，尤其是一个男人，脊梁必须永远挺直。在风起云涌间始终稳稳伫立，这是一种气度，更是一份责任。

在每年返台休息的屈指可数的日子里，我与山亲密依偎。在这里休养生息，在这里汲取力量。我不求自己能够活得多么精彩，只希望自己能够努力成为一个守护者，无论到了何时何地，都不忘却果敢和坚持。

寻找心里的那个少年

/ 山居生活 /

199

朋友是另一个自己

环岛结束的第二天，阿豪做东，我们一班车友又在台北餐厅聚会。本来感伤不知什么时候还能再见，其实真切想见还是能够见到的。听闻大家又有机会聚在一起，连在行车途中为了回家照顾忽然生病的小朋友，没能随车队完成最后一天行程的石中天也赶来了。

他是做企划工作的，温文尔雅、风度翩翩，比起阿豪热情的大声势来属于冷幽默类型。女骑士品客回家后就病倒了，她的老公还是应约前来赴会。虽然回到台北后，大家各自都有各自的事情要忙，但几乎都能特意赶来，就可以看到彼此对这个团队的重视。

时间临近新年，我正好没有拍摄计划，便张罗着用休旅车帮大家把环岛过程中用的那些露营设备都运过来。等聚会结束后，再由朋友们一一认领回去。有不熟的新朋友加入时，常会奇怪，觉得我好歹是个名人，怎么和朋友相处起来竟这么没有架子，还主动做些服务大家的工作。对于这个问题，我觉得根本没什么好奇怪的。因为他们都是我的朋友啊！不在戏剧里，人就要回归平常。帮自己的朋友们做些服务，不是太普通的事吗？

骑行哈雷的人，都有着一份追寻自由、不受束缚的心态。所以，我们见面时很少会寒暄、询问对方的事业和生活状态，更不会直接问年龄、职业、情感等问题。我是公众人物，比较特殊一些，不用问也知道大概情况。但是，在车友这个团队中大家很有默契地从不究根问底，这也是我很enjoy（享受）和relax（放松）的原因。等相处的时间久了，我们势必会在交流融合中认识彼此，这是一种自然而然的过程。无须着急，水到渠成才会更舒服。

我慢慢地知道，朋友中不乏企业家、摄影家、投资商等成功人士，也知道有些人家庭至上，永远把太太和孩子放在第一位，有些人则信奉单身主义、浪漫不羁。不过只要进入车队，大家都会瞬间褪去所有身份和立场，做一个纯粹的骑士，快乐地骑行。

生活中有许多辛苦无奈，骑行，是一种放松，更是一种修行。我信奉一则信条："树挪死人挪活，凡事不可故步自封。"人生是一个圆，就像环岛，我们在动态中调整自己，抵达身心健康的新平衡。更重要的是，在这个过程中，我们需要旅伴，需要朋友。向内，我们找不同时期的自己；向外，我们找志同道合的同路人。

人的眼睛能看到无数东西，却偏偏看不到自己。除了借助镜子，我们无法看见自己的模样。同样的道理，每个人都有不同的情绪性格，但这些特质往往最容易在自己这里形成盲区。此时，朋友的重要性就体现出来了。朋友，是一面比水银更明亮的镜子，我们能从这面镜子里看到自己的强弱项和优缺点。自己看自己，过分乐观妄大，过分悲观卑微，都是因为对自身性情的认知不全面。然而朋友能够通过交流磨合，从不同角度和立场给你提示，慢慢把你自己都不知道的一面发掘出来。只要能够建

/ 山居生活 /

立起真诚分享的基础，你就能通过朋友找到完整的自己。

车友是如此，生活、工作中的朋友更是如此。

有一年夏天，我在北京拍摄一部都市青春爱情剧。拍摄时间很赶，为了拍戏白天没顾上好好吃饭，半夜收工时早已饿得饥肠辘辘。离开片场不远，见路边有烧烤摊卖夜宵，忙不迭地坐了下来，叫了一堆吃的喝的。这时候，已无半点要注意自身形象的想法，什么偶像包袱都抛到五环以外去了。正大口吃着，巧遇灯光组的几个小伙子也来吃夜宵，他们热情地和我打招呼，于是大家自然而然就拼桌一起吃。

平时大家工作岗位不同，很少有机会敞开心扉闲聊。再加上这些剧组的普通工作人员对演员总有一些敬畏，更不敢贸然攀谈。因此，彼此之间总隔着一段距离。很多时候，一部戏拍完了，也就是点头微笑的交情。此刻几瓶啤酒下肚，小伙子们逐渐忘记着拘紧张，开始和我讲述自己的经历。一次偶遇的缘分，让我有机会了解他们。

影视行业，素来是个造梦工厂。导演、编剧、演员等主创怀揣着梦想，组里的其他人员也同样怀揣着梦想。长相清秀的化妆小妹梦想着有一天能演一个角色，推轨道车的摄影助理梦想着将来能和张艺谋一样拍而优则导，做一个著名的大导演。这些灯光组的小伙子们，他们的梦想更朴实、更接地气。小胖说想在剧组多挣点钱回老家做门小生意，大高个子说等攒够了钱就和女朋友买房子结婚。

我一边听着这些肺腑之言，一边被深深打动。为了一个梦想，背井离乡辛苦北漂，谁也不容易。他们正在经历的东西，我有些也曾经历过，有些不曾经历过，但此份心境是相同的。夏日的午夜，我不能躺在台北家里舒服地吹着冷气，而要在北京街头汗流浃背地撸着烤串。若非为了生存与梦想，谁愿意这般辛苦。幸亏拍的还是一部现代剧，不用穿着里三层外三层厚厚的古装，戴着闷得头疼的发套，我已经知足了。

路灯下，几个小伙子的皮肤都黝黑发亮，那是被炽烈的阳光日复一日晒出来的。我拍拍他们的肩，举杯！加油！他们激动地回应着，一起加油！沁凉的啤酒顺着喉咙咽下，酣畅淋漓，心里的酸楚也变得柔软起来。此时此刻，身旁的小兄弟们和家人是一样的。夏练三伏，冬练三九，同甘共苦一起坚持，这就是剧组的生活。

/ 学习轻翔机 /

　　转眼之间，我到内地发展已经整整十一年。我就像一个骑士，总能在途中遇见志同道合的队友们，每一次重新出发都充满希望。一群和你有着共同理想的人，临时组成了新的家庭，成为你的家人。相处的时间不长，反而是化繁为简的好理由。不必像职场上那么勾心斗角、步步为营，三个月拍摄期完成后便要分开，从此遥望于江湖，有缘者数年后也许会在其他作品中再相逢，无缘者一辈子只留下回忆。

　　因此，我们会加倍珍惜在一起的时光，遇上不能回家过节的时候，中秋、圣诞、元宵，大家在一起欢聚庆祝、互相温暖，剧组就是家。

　　人长到一定年龄后，价值观、世界观都会形成定式，所以，我们遇到新朋友的机会也会越来越少。每一个新面孔、新身份的出现，都会被我们的择友过滤系统自动鉴别并归纳到一定的特性分组里去。说简单些，朋友就是另一个自己，或互补或相似。随着生活阅历的增加，我们已经学会自然而然地区分和接纳。

　　人生来并不完整，诞生时身上只携带着最简单的部分，其他的都需要你用一辈子的时间去世界各地慢慢捡回来。这些碎片，或者是一项本领，或者是一

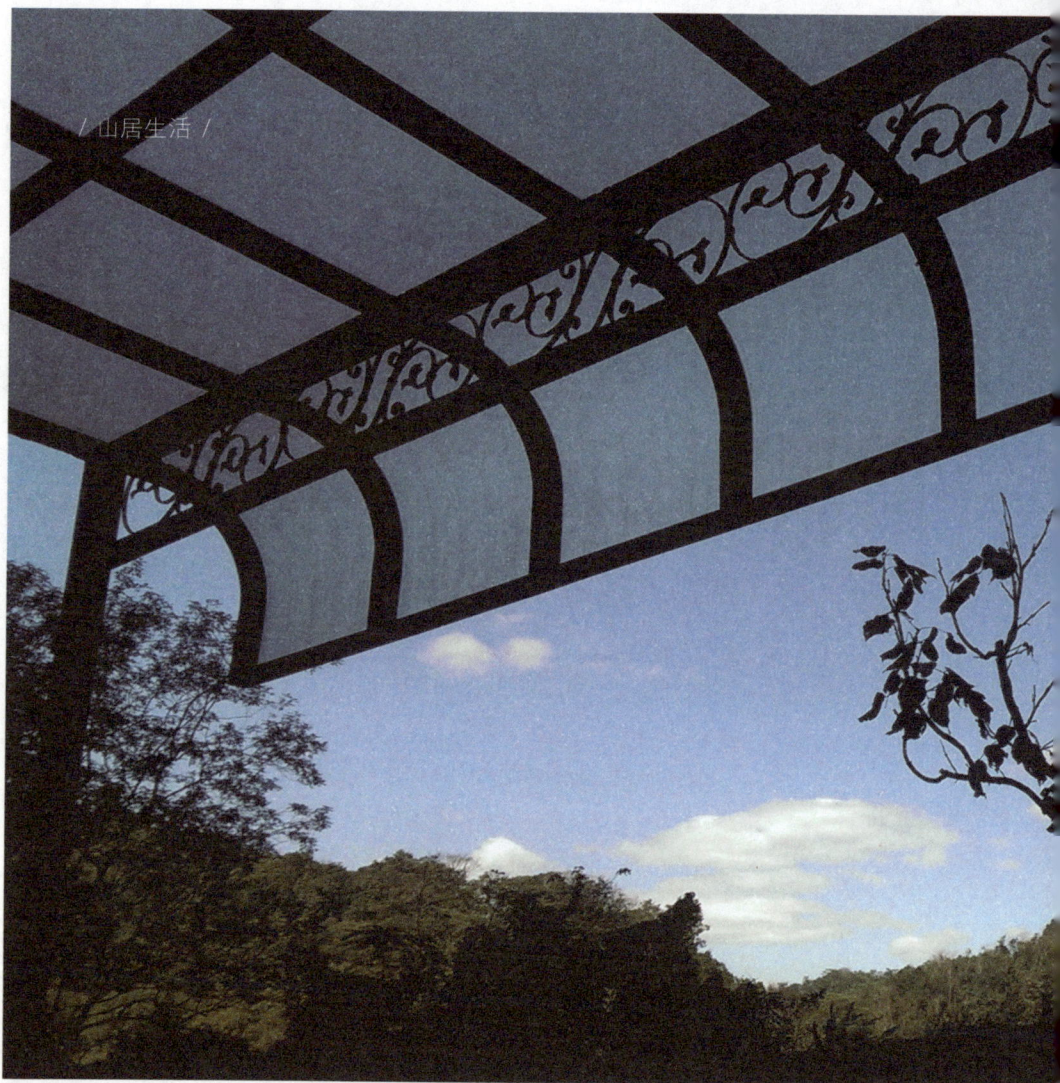

/ 山居生活 /

个感悟，更多时候是一位朋友。它们并不固定形式，它们隐藏在日常生活微小的轨迹里，等你去发现。每捡回一个，你就完整一点，同时增加一个新的视角和世界观。

我很感谢，身边有这么多朋友，总是在适当的时候出现陪伴。这次环岛之旅能够这么顺利，与车友们的鼎力支持不无关系。台北的夜色渐浓，大家聊着下一轮的骑行计划，已然喝得有些微醺。环顾四下，每个人的状态都十分舒适放松。阿豪又开始给大家讲笑话了，石中天故意揶揄着与他开玩笑。骑士们聊着共同的

话题，欢乐着共同的欢乐。麦哥端着酒杯靠过来，低声问我心事有没有解决？我肯定地点点头，还没来得及说出什么话来，麦哥便会意地与我碰杯。

一切尽在不言中，他都懂的。

朋友，是不完整的自己。除了终于找到那个失散的自己，其实每个朋友身上都有我的一些影子，都是我的一部分。我们可以互相扶持，互相借鉴。

茫茫人海，今生能够相遇是缘分，我会珍惜，好好珍惜。

Part 4

LOOKING FOR
THE BOY IN THE HEART

路上的时光记忆碎片

我每去一个拍摄地，

都会为那里贴上一个标注。

有时是天气，

有时是植物，

有时是气味，

更多的时候，

是我进入的角色里的短暂生命体验。

一千种由此而生的心情，

也是一千个不同面貌的自己。

记忆会自动筛选，

哪些是最动人的成长记忆和生命记录，

留到未来，

回望昨天。

仿若心灵洗礼般重生的我，享受生活赐予的一切，依然对梦想充满热爱，亦更加珍惜感恩命运。

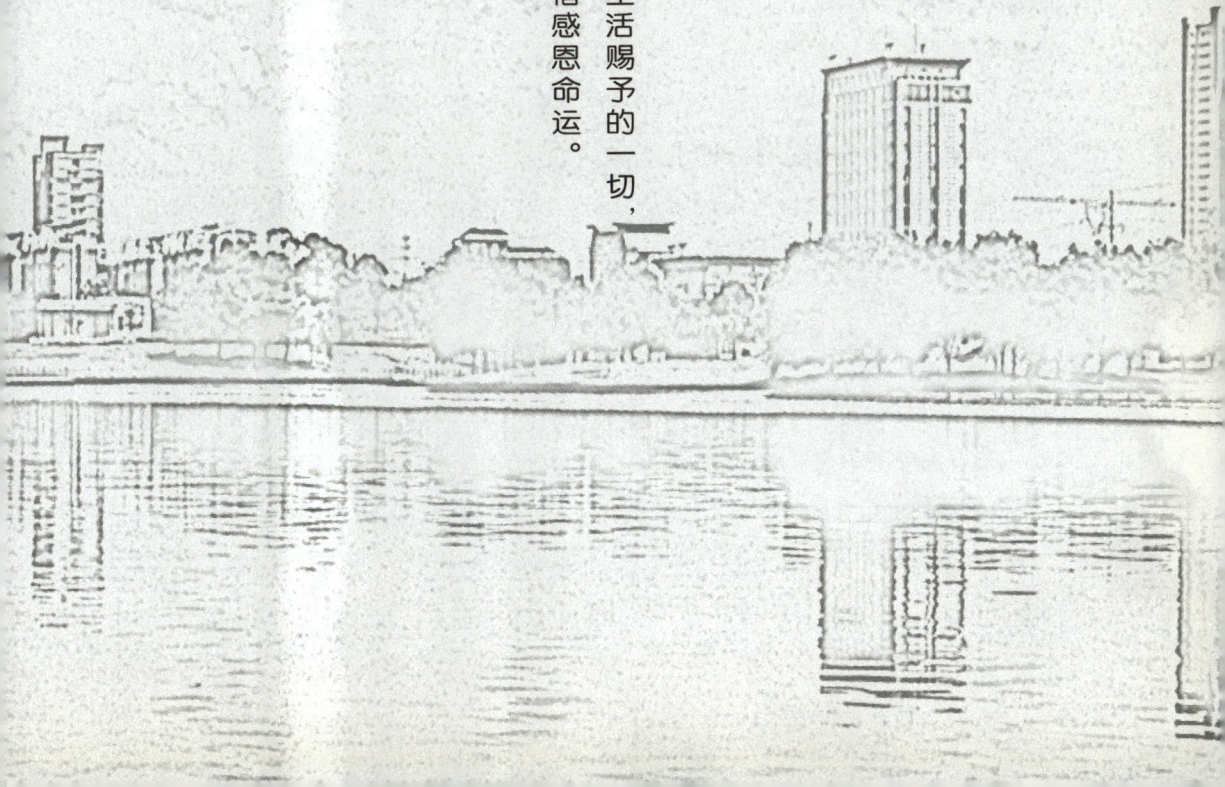

白沙镇桃源

白沙镇，一个很小的镇子，位于重庆西边的长江之畔。潮湿的气候使它常年笼罩在蒙蒙雾气里。如果不是因为拍戏，我想我这辈子大概都不会去那里，更不会连续三个多月住在紧邻长江的楼房里，一开窗就看到滚滚东逝水，日日夜夜伴着江轮汽笛声醒来睡去。

我们拍的那部戏叫《罗龙镇女人》，讲述了四川山区人民奋勇顽强抵抗日军侵略的故事。在白沙取景，环境和人文都原汁原味。

轮渡码头是白沙镇上最开阔的地方，长江流经这里缓缓拐了个弯。无论从码头形态还是四周地势上看，都很像重庆的朝天门。并且，在远离都市喧嚣的白沙镇，轮渡码头没有被经济高速发展的车轮碾过，得以保留下质朴原始的风貌，坑坑点点的青灰石板、裸露在泥墙外的滚粗木柱，依然一派旧时模样。不少抗战剧拍到朝天门场景时，都会来此取景。

我从所住的酒店步行到码头只需十几分钟，但由于戏份紧张，大多数时间里我只能站在房间窗口往那个方向望一望，实在没有空暇前去散步。

我在《罗龙镇女人》里演的是一个勇于打破封建桎梏的国军将领海定远。海定远是个不折不扣的硬汉，曾三次为抗日奔赴前线，最终在与日军的战斗中壮烈牺牲。我相信，这样的人物一定有原型，而且还有许多。置身重庆之畔真实记录过那段历史风云的土地上，我一次次心潮翻涌。他们，那些将生命与热血抛洒在这里的人们，会因为我们用影视剧的方式向世人传颂他们的故事而高兴吗？

军装，是和其他戏服非常不同的服装。每次穿上它，我就会有种莫名的使命

/ 白沙镇老村落 /

感，觉得自己在那一刻变得格外坚强。我认为这不是平常所谓"演员的入戏"，而是一种战斗精神的传递。

为了还原战争场面，枪战、爆破戏等大场面不可避免。很多时候，需要演员真枪实弹地去演。我清楚地记得，那是一个下午，天气闷热。剧组在战壕主场景里拍摄一场海定远联合当地民众共同抗日的戏。为求效果逼真，现场布置了不计其数的土弹，烟火老师还特意安排了近百个火弹炸点同时燃爆。

导演一声"开机"，为了营造毒气弹侵袭导致战场烟雾

/ 白沙镇老村落 /

弥漫的环境，工作人员燃烧起大量烟饼。一时间，拍摄现场烟雾四起，视野一片模糊。我当时站在事先安排的位置，前后左右都有炸点在不断引爆，不知怎么心里总隐隐觉得有些不安，不自觉地就加快了脚下的步伐。正当我走出取景框范围的那一刻，一颗火弹几乎擦着我身体左后方猛烈炸响。我感觉自己被热浪熏得滚烫，耳边更是轰轰直响。剧组同事们吓坏了，赶紧围上来看我，尽管我躲闪得快，脸颊及颈部还是被灼伤了，火辣辣地疼。助理忙用冰块帮我冷敷，烟火老师连连道歉，说忘记把最后这颗火弹的位置告诉我了。眼见整个剧组一片紧张气

| 白沙镇老村落 /

氛，我倒放松下来，开玩笑说，这回军装上的烟火痕迹都不用服装师费心处理了。

大难不死必有后福，事后回想起来我也很害怕，只差一步，火弹就结结实实炸在我身上了。得以幸运逃过一劫，我相信是那些军人们在冥冥之中保护着我。或许是因为，我正在用我自己的生命还原他们的生命。每次想到这里，我就会为演员的职业而自豪。戏假情真，不知道这个词用在这里是否妥当，我爱每一个我演过的人物。

海定远的重头戏集中拍摄完成后，通告单渐渐宽松起来。我终于有空到一直在窗口望着的江边码头去走走。初夏时节，重庆多雨。总是下一阵停一阵，整天都湿漉漉的。码头边石路湿滑，我放缓了步子慢慢走，偶然发现离江水不远的山腰里，有一条不起眼的小路，沿着码头往草木葱茏的远处蜿蜒而去。从江轮上下来的旅人，大多经石梯拾级向上，往镇区主干道方向走，但很少有人选择那条小路。我按捺不住好奇，循小路而去，未料竟误打误撞闯入了一片隐世的桃花源之中。

那是一片依山傍水而建的古村落，湿漉漉的石板，鳞次栉比肩挨着肩的老房子，褪了色的红漆门板以及墙根下长满青苔的院落。雨水淅沥，冲刷得青石台阶

／ 白沙镇老村落 ／

圆润得没了棱角，廊檐下的滴答声停停续续，好似时间的沙漏。

因为刚刚下过雨的缘故，村寨里笼着一层薄薄的水雾，朦朦胧胧宛若幻境。我沿着小路弯弯绕绕地走着，不知不觉已走出了很远，却竟未在途中遇见任何一个人。我心下觉得有点奇怪，但仍抵不住诱惑地继续往村寨深处走去。山势回转起伏，村屋高低错落，从一家门前走出没几步，就几乎要踩到另一家的屋顶，中间隔着的是一树浓荫和一小块种着蔬菜、水果的小梯田。眼看周遭景象越来越美，都快不似在人间了。

台湾有个地方和这里很相似，叫作北投。北投盛产温泉，尤其在地热谷附近，常年水汽氤氲，笼罩着周边的屋舍树木。此外，北投源于平埔族的音译，意思为"女巫"。传说女巫会法术，所以她出没的地方常常迷雾缭绕。如此一联想，莫非白沙镇里也有穿越时光的魔法，我已误入其中？

正浮想联翩的时候，前面路口出现了一位耄耋老人。他穿着泛黄的粗布汗衫，赤脚布鞋坐在石阶上，悠闲地一面喂鸡，一面哼着小曲儿。我精神一振，上前攀谈。老人口音很重，但我依稀能分辨出他的意思。村里的年轻人都去重庆、成都谋求发展，只剩下他们老人留守在家里。他和老伴种了一块菜地，除了留些自己吃，其余的都拿去镇上的菜场卖，一个月下来能挣够俩人的生活费。

老人乐呵呵地讲着，也不问我是谁。比起城里人的疏离与警觉，他显然还活在属于白沙镇老村寨的淳朴岁月里。我来内地拍戏后，去过江浙和云南等地不少著名的村庄，但我以为，哪里都比不了这里。那些地方是保留、还原了过去，而这个地方，过去与现在根本没有被隔开，它们一直生活在一起，绵延悠长。

闲话片刻，我欲离开，忽然闻见空气里飘来阵阵馥郁的幽香。这是什么味道？还没来得及开口问，老人已经笑盈盈地站起身来。他说，这是他老伴的味道。果然，话音未落，就见一个花白头发的老妇腿脚灵巧地从山路上走下来。她的臂弯里挎着一只竹篓，里面斜插着几朵雪白的栀子花。

原来是栀子花的香味！老人告诉我，老伴每日去镇上卖菜回来的时候，都会经过一棵栀子花树。逢夏初花开，她就顺手采摘一些带回家里。老妇走到自家屋舍门前，放下竹篓，把栀子花插到盛水的深绿色瓦罐里。随后，从里面挑出一朵大的，径直插在我的衣襟上。我一愣，有些受宠若惊。老妇笑眯眯地说，小伙子，远来是客，送你了！这老夫妇俩，还真是一样的热情好客呢！我忙不迭地感谢，栀子花的气息扑面而来，芳香沁入心脾。

告别老夫妇俩，我开始朝山上走去，依照老人给我的指示，只要走到通汽车的公路上，就能返回码头附近的酒店了。多少路走来，便要多少路回去。暮色四合的时候，我终于望见公路了。此时，又一处景致牵绊了我的脚步。临近村道尽头，坐落着一座小寺庙。寺院门匾上书写"流水寺"三字，庙宇紧邻山崖，雨后山水澎湃，真有一道流水悬挂成瀑。看来白沙镇的庙宇，也和老人们一样真挚呢，说什么是什么。

怀着喜爱的心，我很想进去探访一番，可惜天色已晚，寺门紧闭，想必僧人们都已歇息。望着半染铜绿的门环，我犹豫良久，最终未曾伸手叩响。方文山在《青花瓷》歌词里写："帘外芭蕉惹骤雨门环惹铜绿，而我路过那江南小镇惹了你。在泼墨山水画里，你从墨色深处被隐去……"是啊，别因为自己的一时好奇，破坏了这么美好宁静的意境。

"天青色等烟雨，而我在等你。"人生里美好的事或人，都是值得去等待的。我决定择日再来，专程探访。默默在心里虔诚祷念一番后，我继续朝公路走去。

老村寨的路，最后结束在村口的一棵百年大树下。此情此景，和所有故事里说的一样。我仰望着华盖般的树冠，有种圆梦的感觉。暮色更深了，深绿树叶被天边刚露面的月光照得幽然发亮，像撑着一把大伞在等人。村子尽头是长江，不知道那个人是在顺流而下的船里还是在逆流而上的船里。

缘起缘灭，皆是过路人。

作为演员，我以为自己早已经习惯从时光的交错里来回穿梭，领受不同年代的重叠、覆盖、对映。可是此刻，我竟无法从这场戏里醒来。回望刚刚用脚步丈量过的老村寨，静静地伏在夜色里。它的安稳赋予了我很大的力量。我伸手摸着脖颈处，拍爆破戏时被灼伤的地方和周围皮肤还是有些不一样。但它一定会慢慢长好的，因为白沙是个疗养身心的桃花源。

我很幸运，能够认识它。它也很幸运，曾经有那么多热血卫国的人们为它奋力拼搏、倾尽所有，最终才得以保住这份安宁。

《罗龙镇女人》的大结局，很壮烈。好山好水好地方，是以生命为代价换来的。不是所有抗战剧都是雷剧，如果能静下心来好好做戏，历史也会含笑。

/ 美好时光 /

　　回到酒店房间，推开窗，夜色里已经看不见长江，唯能依稀分辨风吹水流的暗涌声。隔江对岸的丛林间有列车驶过时，车厢透出一明一暗的灯光，仿佛开往不可知的未来时光。

　　一切都在流动，而我在白沙，身心安稳。

蓬莱修仙

晨光微曦的清早，蓬莱渡口的海轮已经迎风破浪往长岛去了。蓝的海，白的船，粼粼碧波甩起一串长尾，海鸟在浪花里追逐翻飞。

我戴着米黄色草帽和墨镜，穿着T恤和牛仔，坐在上下起伏的船舱里，准备去修仙。和我一起出发的，还有七位同伴。他们分别是铁拐李、汉钟离、张果老、蓝采和、何仙姑、吕洞宾和韩湘子。呵呵，没错，我是曹国舅，我们都是《蓬莱八仙》剧组的演员，大家正赶往长岛拍摄外景。

汪洋之中，长岛的轮廓缓缓显形。眯起眼睛努力看，好像已经能见海岸边雄奇的九丈崖，惊涛拍岸，孑然独立。八仙们兴奋起来，商量着不如放弃海轮，各展神通渡海过去。我忙叫嚷，不行不行，曹国舅还没修炼成仙，不会法术，贸然下海非得淹死不可。七仙闻言，哈哈大笑，说八仙做事向来齐心协力、共同进退，为了照顾我，大家就都不下海了，勉为其难一起坐海轮吧。

《蓬莱八仙》剧组是一个非常和睦友爱的剧组。进组第一天，黄健中导演就召集大家聚在一处开会，各抒己见畅谈自己对八仙故事的看法以及对所扮演仙师的解读。演员能扮演好本身以外的另一个人已属不易，需要大量生活体验的代入。要演好传说中的道家仙师，就更考验想象力了。没出外景之前，大家先在摄影棚里拍绿幕，不仅要完成无实物表演，还要被威亚吊着展现各种上天入海的动作。人荡悠在半空中时，平衡是个大问题，加上还要完成动作和台词，稍微控制不好，就得NG重来。当拍摄一段我在海底游弋寻人的戏份时，威亚位置没固定好，一直紧紧勒在胃部。为了不想影响其他人，我努力忍着，等到全部拍完回到地面上，已经痛出一头汗。搭戏的演员问怎么了，我苦笑着说当神仙不容易啊！

其实，与真正武行的动作戏比起来，这点难度不算什么。早年拍摄武侠剧时，舞枪弄棍、翻腾跳跃，都是家常便饭。只是帅气风光后留下一身大大小小的伤，恐怕只有自己知道了。

这番演曹国舅，我知道夏天拍古装辛苦，早有心理准备，但真没料到会那么辛苦。闷热的摄影棚绿幕不过是一道前菜，大餐还在后面呢。转场蓬莱实景地后，第一个大场面就是曹国舅为百姓设坛祈雨。七月盛夏，蓬莱阁山崖下，毫无遮蔽的石子海滩上，我们一群人顶着暴晒开始"祈雨"。在那种天气里，真正深有体会地明白古代的人们为什么要祈雨了。大地滚烫、空气炙热，连呼吸起来都觉得人马上要燃烧。我穿着里三层外三层古装戏服，头戴密不透风的发套，实在是热得头昏眼花，拿起一把折扇猛摇也没有多大用处，只恨不能一扬手就能真的求得天降甘露，解解暑气，让奋战在此的兄弟们都爽快一下。

/ 《蓬莱八仙》拍摄现场 /

候场间隙，不经意瞥见黄导，但见他年逾七十同样与所有人一起奋战在现场。平时风度翩翩的形象早已飞去九霄云外，此时正肩搭白毛巾在烈日下来回查看机位，浑身上下汗如雨下。在《蓬莱八仙》之前，我和黄导合作过《母仪天下》。相隔多年再次合作，黄导年事渐高，工作时的投入认真与吃苦耐劳却一点儿也没变。感慨之余，我真怕他的身体吃不消这样的炎热，走上前去想劝慰两句。不料，黄导率先开了口，让我先到阴凉处休息一下，等机位调整好再去拍摄区。他说自己年轻时当兵出身，水里来火里去习惯了，这点苦不算什么。再者说，就算他倒下了，还有副导演，可演员都是独一无二的宝贝，一定要保护好。刹那间的感动，无以言表。除了更努力地去塑造好角色，我不知道还能何以为报。

曹国舅是八仙里面最后一个得道成仙的仙师，修炼之路历经困苦，步步艰辛。大约是为了让我们感同身受，白天冒着中暑的危险拍完戏份后，晚上回到酒店还有意外"惊喜"。凌晨三点多，在疲惫中沉沉睡去的我竟硬生生被热醒过来，发现入住的酒店停电、停水、停空调，房间闷得像罐头。与酒店协调数次无果，停电是片区性统一节能行为。除了忍着热等天亮，毫无他法。

虽然很累，但睡意全消。我擦着汗打开笔记本，庆幸还余有电量。屏幕亮起黑暗里的一点光，我想起一位导演朋友说，受罪即消业，顿时燥热的心态平静了许多。于是缓缓翻动鼠标，在笔记本里翻阅、温习曹国舅的资料。

饰演耳熟能详的经典人物，总免不了压力。曹国舅是八仙里最后一位道家仙师，他的故事很少，面目依稀。但剧本中的曹国舅，四世轮回，迥然不同的身

/ 《蓬莱八仙》剧照 /

份、性格、经历，其人生故事非常丰富。这种强大的反差倒激起了我的兴趣。

对于演员来说，这意味着角色已经开始融入你的世界，然而并非每一部戏每一个人物都有这样的力量，我因此感到兴奋。尽管这种创作激情并不能消减身体遭受的不适，但想起正重走曹国舅修仙之路，心中顿时一片清明，我告诉自己：修仙是一个漫长的过程，耐心排在第一位……

渤海湾的盛夏，并不像想象中那么凉爽。曾经，八仙过海的传说从这里诞生，如今，我们正在努力将故事搬上荧屏。

根据不同场景的需要，有些戏份在蓬莱拍摄，有些戏份在长岛拍摄，有些戏份还要转场去泰安东平。三者中间，我最喜欢长岛，每次清晨起个大早坐海轮的时候，心情就特别好。站在船舷甲板，凝望蓬莱的海岸线渐渐变得模糊，远眺长岛的海岸线渐渐清晰，这一段海域里每朵翻涌的浪花仿佛都会讲故事。它们悄悄和我耳语，八仙过海的地方就在这里……

我会心地笑笑，掏出随身带着的剧本来，看看剧本里的曹国舅此时此刻想和我说些什么。有人路过见到此景，便说我敬业。其实，这仅是我个人的一个习惯。老一辈演员老师，推崇"丢本"表演，我喜欢"拾"起来。除了能经常拿出来温习，还能让剧本与自己一起充分浸泡在片场的温度、光线、气场里，因此常能发现意想不到的惊喜。

与对手演员的互动，台词和肢体语言放置于现场环境里的再创造，不仅仅局限于自己的角色，这是表演延续提升的一种探索。我觉得曹国舅应该还挺赞同我的这种探索，因为我不止一次感觉到拍摄某些重场戏份时他在我身体里爆出的灵感和激情。

有了精神力量的支撑，艰辛困苦就不足为惧了。八仙，有八个人，剧组，有一群人。影视剧嬉笑怒骂的故事是呈现给观众的外在情景，每个角色的重量都在不为人知的汗水里。海风吹来，微微驱散了热浪。点一支不知哪个朋友送的"长白山"，我望向无边无际的碧海蓝天……

当演员，就像修仙。唯有保留一些孩子般的天真心性，才能驾驭角色进入每一段故事。做人，更像修仙。不是每个人最终都能修成正果，但每个人势必会经受生活的坎坷和磨砺。永远不放弃希望，在风雨里坚定前行，这才是乐观人生的姿态。

/ 蓬莱片场 /

　　我们谁也不能预测生命的结局，凡事只需尽力就无须遗憾。当有一天回望来时路，我们一定会看到人生留下的足迹，或许比得道成仙更珍贵。

家园长汀

弯弯曲曲的公路，沿着河床通往深山里。梯田、小路、山林、斑驳土墙的房舍……我们的车沿着河岸走，水声一直把人引到不知归处的地方。村口一顶石桥，过了桥是几亩相连的池塘稻田，田埂尽头竖着高高的木牌楼，上面写着三个字："鸟栖村"。

鸟栖村，鸟儿愿意驻足停留的地方，它该要美成什么模样？环顾四野，村落被起伏连绵的山丘团团围绕，坡上满是青翠竹林。风过，荡起阵阵竹涛，在斑驳暗黄的土墙上投下一幅中国画般的树影。浅黄色的麦秆堆一垛一垛零散地堆在土路两旁，像秋天余留下来的花。仔细嗅嗅，还有香。

我瞬间忘记了下飞机后长达四个多小时的辛苦颠簸，从高速公路到国道再到省道，最后拐入不知名的乡间土路，好不容易才来到这里。"难以抵达"向来是珍贵的代名词，同时还有一个说法，叫作"被遗忘的世界"。正是因为不通车马、不具名字，鸟栖村的纯净才被最质朴地保留下来。

道具师有些羞赧地告诉我，这个村的名字其实并不叫"鸟栖"，"鸟栖"是剧里的名字。"所以，木质牌楼是你们的作品喽？"我忍不住夸赞他的手艺好，道具师高兴地笑。如此风光如画的地方，我们要拍的不是武侠剧，而是农村戏。是的，没错，就是农村戏。我演了十几年戏，各种类型都尝试过，唯独没演过农村题材的作品。这部戏叫《永不褪色的家园》，描述了一群生于斯长于斯的农村儿女保护家园不被撤村的故事。我演的不是飞在竹叶尖上武艺超群、衣袂飘飘的李慕白，而是协助家乡植树造林、治理水土流失的退伍军人李慕林。

听起来，好像是个太过正统的命题，我进组之前也有些担忧，怕自己不熟悉此类题材难以进入状态。没想到，刚来到福建实景地长汀，就被深深吸引了。如此美好的家园，太值得被保护了，怎么能随便撤村呢？见到我的反应，高导演哈哈乐起来，说看来演员体验生活是绝对必须的，所有情感都能从土地中来。

这话听起来有点《乱世佳人》的味道，浓浓的文艺格调；又有点像莫言的风格，浓浓的乡土深情。果不其然，后来我才知道高导演和诺贝尔文学奖得主莫言是老同学，而且这部戏也特别请了莫言来担任艺术总监。编剧赖先生更是福建龙岩当地的作家，拥有对真实人物典型的充分了解和第一手采访素材。有了如此扎实厚重的底蕴为保障，我心里有了底，一头扎进村里踏踏实实地做起了"农民"。

每日清晨，我扛着锄头上山种树；傍晚时分，回到村里祠堂和大伙儿开会。故事的节奏与生活的节奏几乎完全吻合到一起，简单又有规律。等故事里的人物散了会，剧组也该收工了。山里没有电灯，我们就相互依傍着，打起手电筒，在漆黑的田野里照出一条橘色小道，足尖随着足跟，依次挨个儿往前走。我们把光影踩出了忽闪忽闪的节奏，充满了相互依存的温暖。

走在中间的一个女演员忽然说，快看，天上有星星！队伍一阵忙乱停顿下来，大家正抱怨说这有什么好大惊小怪的，等抬起头看时，发出的啧啧惊叹却一点不比女演员的声音小。静谧的夜空里，漫天都是闪烁的星辰，有些很高很远，有些很近很低，低得就快要落到沉睡的村庄里去了。和童谣唱得一样，星星挂在树梢上，一闪一闪地眨眼睛。此情此景，对于我们很多来自大城市的人来说，或许是孩提时的回忆，或许是梦里向往的画面。不管哪一种，都太令人陶醉了。

一部非热门题材的农村戏，却让我如此沉醉，真是始料未及。我们这个组的主创们也前所未有地彼此亲近。大家在微信里建了一个"家园群"，经常互通消息，渐渐地真把彼此当成了特别的家人。有一次，我在村口和当地人抽着水烟聊天，恰巧看到河床浅滩上来了几只鹭鸟。它们低着头从鹅卵石与流水中寻找着什么，姿态优雅，闲庭信步。

我忙通知大家来看"鸟栖村"果真有鸟来栖息，果然名不虚传，可是人声一多，鹭鸟受了惊，扑棱起翅膀就匆匆往竹林里飞去了。晚来的兄弟，什么也没看到，只见到农户散养的白色鸭子，排着队划水，还以为我在蒙人呢！在如画的风景里，大伙儿一番调侃玩笑，其乐融融。

在演艺圈这行，追名逐利的人太多。我们无时无刻不被各种压力和牵绊所缠绕，能像这样轻松度过时光的感觉已是久违了。尤其，大家还能相处得这么简单快乐，真是特别难得。看村里那些妇人们背着孩子在池塘边洗刷，表情悠然，她们洗衣、煮饭、相夫教子，每天都过得很充实平静，不会为了无谓的虚幻的东西而焦灼。如果世间真的有天堂般的地方，可能就和长汀很像，空气里只有草木混着肥料的微香，没有欲望的味道。

都说戏剧源于生活，但戏剧的跌宕起伏万万及不上生活。命运，永远让人始料未及。上一秒不知道下一秒的事，这话有些时候残忍冷酷得叫你颤抖。天堂般美好的长汀，团结友爱的剧组同事，有条不紊的拍摄，结果因为一个意外被顷刻间颠覆了。剧组载送演员的车辆在收工途中意外发生车祸，女演员聂鑫遭受重伤，颈椎断裂导致高位截瘫。

突如其来的悲剧，让每个人都措手不及。除了去医院探望和默默祈祷，大家什么也做不了。聂鑫很坚强，醒来后第一句话就问："后面的戏拍不了怎么办？"她还没来得及去想自己的伤势到底有多重，出于一个演员的本能，她首先关心的是拍戏。当时，每个人都流泪了。我们不知道要怎么去告诉她，高位

截瘫意味着什么，她还是一个那么年轻的女孩。在剧中，我把她当成小妹妹看待，可当小妹妹遭受到人生最无情的挫折和痛苦时，作为哥哥，只能在一旁无能为力。

戏里面的角色再无所不能，也只是戏。戏外面，我们与普通人一样脆弱渺小。由于长汀县的医疗条件有限，聂鑫很快被接回北京急救。剧组的拍摄日程重新运作起来，可少了她，"家园"这个大家庭就不完整了，每个人心里都变得空荡荡的。大家无法飞到北京去陪伴，唯有通过各种渠道及时打听她的情况。

聂鑫个性开朗，在剧组里的时候就像一只活泼的小鸟，去外景开工时漫山遍野都能听到她的笑声。回到北京后，她托人给大家带来的消息，也都是充满希望的。尤其是当她勇敢地闯过最重要的一关，可以脱离呼吸机自主呼吸时，全组人都激动得感天谢地。

高导演信佛，那段时间一直在默默拨弄他手腕上的佛珠。

为了不让聂鑫觉得孤单，我们每天都通过微信语音和她讲话。聂鑫常回复说"谢谢"，每逢听到这两个字，大家便会暗暗心痛一下。虽然从医疗条件较差的县级医院转入北京专科医院，但聂鑫的情况并不乐观。《永不褪色的家园》剩下的戏份，我们是在牵挂担忧的情绪里拍完的。长汀开始进入冬季，田野山峦的绿慢慢变黄，河床渐渐干涸。剧组就是这样，三个月相聚离别，不知何时再相逢。

剧集杀青后，伙伴们即将五湖四海分开。临别的时候，我们相互达成默契，不论谁到北京工作或活动，都要代表"家园"的家人们前往医院探望聂鑫。或许她一辈子再也站不起来，再也不能演戏，但她永远都是我们的小妹妹。

聂鑫爱笑，在病床上也笑。她不希望父母和亲人担心，不希望朋友们担心。即便在那么糟糕的情况下，她都未曾放弃过好好活下来的努力。手指能动了，手臂能动了，胸部以上有知觉了，好消息一个个传来。可是巨额的医疗费用却压垮了她的家庭，聂鑫的父母在极度无助下向社会发出呼救。

身为同行，我们深深懂得聂鑫面临的困境和痛苦。众所周知，演员是一个光彩耀人的职业，但背后的艰辛和风险也远远高于一般行业。演员在工作期间需要面对各种各样意想不到的突发状况，尤其接拍动作戏、爆破戏等，再如何努力做好保险措施仍然会面临较大的危险。此外，并不是每一个演员都如圈外人所想的那样片酬丰厚，实际上，同一个剧组里不同级别演员的片酬相差很多，尤其是在"一剧两星"政策实施后，二三线演员的片酬被挤压得更加有限。

得知聂鑫在医疗费用上出现困难以后，我们"家园群"的家人们马上行动起来，纷纷解囊相助，希望集众人之力能够尽量帮到她。聂鑫依旧感动地回复大家说"谢谢"，我们却无法接受这份谢意，因为比起她所承受的沉重苦难，我们的帮助实在太轻太轻了。

意外往往发生在瞬间，日子却要一天天过。我们无法想象，聂鑫是怎样在病床上艰难度过一年多的时间的。我们一度以为，她的病情已经开始好转。可是，还没来得及等到《永不褪色的家园》播出，噩耗就传来了：聂鑫病情突然恶化，与世长辞。

我们再一次被悲恸狠狠击溃，所有的祈祷到头来终是留不住一条美丽的生命。在《永不褪色的家园》里，我饰演的李慕林忍着病痛奋战在治理水土流失、保护家园的第一线，直到生命的最后一刻。而在现实生活里，可爱的小妹妹聂鑫真正在演员这个职业上，走到了生命的最后一刻。

/ 长汀片场 /

能够忠于自己的理想，也是一种幸福。我久久无法忘记，她被刚刚抢救苏醒后说的那句话："后面的戏拍不了怎么办？"

如果聂鑫离开人间后真能化作一只飞鸟，愿她可以飞往梦中的家园。"鸟栖村"的木牌楼不知道是否还在村口站立着，纯净的天地间遍布着清泉、农田、小路、树林、山歌……

"家园"里的我们，永远都是一家人。

"江湖再见"的横店

　　假若没在横店逛过夜市，你都不好意思说自己是个演员。很多同行喜欢叫这里"大横国"，不是因为它够大，而是因为我们会在这里待得够久，久到熟悉每条小巷、每家小店，好像快要成为第二故乡。

　　夜幕降临的时候，横店就会迅速升温热闹起来，各种贩卖的小摊和好吃的街边食物，点缀着白天略显安静寂寥的大街。要是哪天凑巧收工早，不用拍夜戏，我就会回酒店换一身舒服的衣服，随意地出去走走逛逛。

　　春、夏、秋三季，横店的夜市都十分热闹。我常常会买杯冰咖啡，一路闲步逛小店。人字拖、宽松大T恤、鸭舌帽，完全放松自己时的标配，我仿佛有种置身于台北士林夜市的感觉。同样的人潮汹涌，一半是游客，一半是当地人。只不过，横店当地人的比例里不少都是演员同行，大家与我一样，待得时间久了，就把这儿当家乡了，经常穿着最平常的衣服出来"走亲访友"。

　　横店的夜市规模虽然小，但与士林夜市真的气氛相近。吃的、用的、玩的，挤挤挨挨地沿路摆开。除了咖啡或其他冰饮，我晚上很少吃东西，但我还是习惯在小吃摊前看上几眼，找找有没有新上市的美味。

　　最早的时候，横店没有品牌餐饮，都是一些当地人开的小店，口味偏于江浙。米线、馄饨、拉面等主食，拍黄瓜、卤牛肉等小菜，我觉得味道也还不错。不过，因为我素来对吃食要求不高，所做评价只能仅供参考。后来，一些有名的连锁店渐渐进驻这里，有些演员同行还在当地做投资，把香港、台湾、北京、上海等地的好味道一样一样带进横店。这下，吃货们可就有口福喽！

　　由于职业关系，演员要控制体重，但事实上圈里好多朋友都是非常喜欢美食的。只不过有角色在身的时候，唯有浅尝辄止了。保持好身材与好状态的不二法则就是，适量饮食与多做运动，这个秘诀我只悄悄告诉少数人哦，哈哈！

除了吃的，横店夜市里遍地摆着各种小商品，琳琅满目，应有尽有，毫不掩饰地散发着义乌后花园的"近水楼台高大上"。剧组的道具部门，应该也会为身处横店而高兴，因为不管你想要什么复杂奇怪的道具，不远处的义乌都能帮你定做出来，并且以最快时间运输到位。

我相信，许多演员和我一样，对横店的情感是特别又复杂的。每次进组去横店拍戏时，从车里远远望见路口一块堪比好莱坞的大牌子"横店"，我就很想说，亲爱的，我又回家了。一年四季，每个季节我都在这儿待过。又热又闷，蚊子像轰炸机一样的夏季，铺着薄薄白雪，走在明清宫苑恍若穿越回古代的冬季，还有气候最适宜工作的春秋两季，景区里桃红柳绿，游人如织。我的视角好像被摇臂拉到高处一角，俯瞰着大全景的横店，自己正穿着戏服行走其间。

如梦似幻，演员的生活，就是日复一日穿梭在戏里戏外。毫不夸张地说，横店是圈里人密度最大的地方，尤其是混在剧组的人们，其集中程度甚至超过北京。有些同行朋友，平时大家各忙各的，很难有机会再见，说不定在横店就

/ 横店片场 /

碰见了。吃个饭、逛个街，或者只是出来散散步，横店地方小，转来转去都是熟人。记得有一次我刚到横店，行李还没放稳，便有另一个剧组的朋友打电话来约吃饭。我向酒店借了一辆电动自行车，自己骑着就去了。朋友们见了，纷纷笑我太随意。我觉得横店那么小，实在不必让剧组的司机师傅专程开一趟，再说了，自己骑车自由自在多有乐趣啊！虽然不是心爱的哈雷，但临时代替一下也是很不错的。

横店不分白天黑夜，一天二十四小时，每个小时都有剧组在开工。尽管夜戏拍起来比较辛苦，但我更喜欢在横店拍夜戏。白天人潮汹涌的游客退去之后，横

店终于不像一个嘈杂的大公园。你不必再因为对戏时被游客的呼喊声打搅，可以专心投入到创作里去。暗沉夜色为人造景致添了几分朦胧，反让它更具真实感。偌大的一座城安静下来，哪里有大灯照亮夜空，哪里就有故事在上演。

来内地发展超过十年，我演过不少作品，其中古装戏和年代戏大部分是在横店拍的。所以，叠加在横店的角色印象，与其他地方一城一戏一人的情况不同，非常丰富多样。掰着指头数数，倒是鲜有重复的，这一点令我很满意。总演一个路数的角色会让演员定型，难以提升。我不喜欢自己被定型，所以选择起剧本来常常跨度很大。

/ 横店片场 /

平时接戏时，制片方大多找我演的都是正派人物，一旦有反派角色比较出彩的时候，我就会忍不住跃跃欲试。令我印象深刻、最有分量的反派角色有两个：一个是《流星蝴蝶剑》里的律香川，一个是《琅琊榜》里的誉王，恰好都是在横店拍的。虽说都是"坏人"，但他们俩"坏"得截然不同。前者出身卑微，表面伪善，暗地里阴谋诡计；后者皇族贵胄，寸土必争，闹得天翻地覆、理直气壮。

我清楚记得《流星蝴蝶剑》是在深秋开拍的，而《琅琊榜》是在初春开拍的，两个角色和季节一样走往不同方向。好人不能演成千篇一律，坏人更要塑造其内心世界的复杂性。现在的观众早已看倦了

/ 横店片场 /

脸谱化的表演，他们需要感受的是真实立体的人性。无独有偶，我给律香川和誉王都加了戏，亲自修改剧本为他们的“坏”找缘由。我始终坚信，在片场和故事里，演员一定是最了解角色的人。当身体与情感进入另一个生命里的时候，必然会感受到对方想对你说的话和想托你做的事。

为了修改律香川的人物结局，我与导演曾在拍摄现场发生小小的意见分歧，而当最终播出效果得到观众肯定的时候，我们也终于达成一致。戏好，才是艺术创造的最终目的。

有些时候，如果把拍戏仅仅当成一份工作来看，或者说我不需要那么倔强执着。可是到头来，我还是常常会忘记自己给自己的劝告，一次次为角色去较真。演员的演艺生命以分秒计算，每个故事人物只有一次被呈现出来的机会，我不愿意将就，是因为心里依旧怀着希冀。所以，甘愿为之奋力一搏。

一种回忆的身份，或许只能在时光里停留短短几年，很快便会被遗忘。在横店，我留下了好多个身份，就像一扇开了又关，关了又开的门，每一次都通向不

/ 横店片场 /

一样的生命体验。

在横店，我也认识了许多同行的朋友。有时在同一部戏里遇见，有时在热闹的夜市里走散。有人的地方就有江湖，横店是一个特别大的江湖，因为我们每个人都在这里化身成许多身影。江湖与其他地方的不同之处在于，它无法被界定成一个固定的所在。横店，就有这样的特质。这些年，不断有新的拍摄景区在扩建，好多追梦的横漂族来来走走，它已经渐渐成了影视人的一种生存氛围。

记得2014年初接拍《琅琊榜》的时候，我已经阔别横店好些时候，再次回来有些恍惚。乍暖还寒时节，横店漫天遍地下雨，好几天都没有停歇。我站在屋檐下，穿着沉甸甸的古装，伸手去接那些雨水。忽然就生出感慨，人世之缘，分久必合，合久必分。江湖再见，是多么温暖又惆怅的一句话。

在这里，我与同行们江湖再见，我与角色们江湖再见。横店，就是这么一个注定让我不能离去的地方。

尾声

LOOKING FOR
THE BOY IN THE HEART

每个人心里都有一个少年

演员，演不同角色，过百样人生，听起来好像很厉害。其实，在生活里每个人都是好演员，因为大家都必须担负起生活赋予的不同角色。工作中的领导、职员、上级、下属，家庭中的父亲、母亲、爱人、子女……转换了一种身份，就转换了一种立场，转换了一种姿态。如何才能演好这些戏，把不同角色塑造成功，需要智商、情商、各种形形色色人生经验的丰富积淀。

　　戏剧源于生活，我常把来自生活的经验放到作品里去。这种经验，或者来自我散步时常遇见的邻居，或者来自经常敲开家门的快递员，也或者只是在飞机舱里擦肩而过的旅客。但往往有不少离奇激烈的情节，你无法在平时捕捉到相同感受，那时就需要适度地发挥想象。

　　都说当演员进入故事情境时，就不是自己了。实际上并不能这么说，虽然营造的是一个不存在的人物，但当一切具象通过你的身体和情绪来实现的时候，它就已经具有生命了。拍摄期过去后，演员从这个宿主中抽离，不管选择忘却还是封闭，还是会留下印记，毕竟它都曾经存在过。这也就是为什么，演员是一个特殊的职业。它的特殊在于人要不断忘却本性并叠合不同的人性。

　　任何职业都会有惯性，演员做久了，常会对自己感到迷惘。这个行业，注定生活在舆论和视野里，不仅在戏里要塑造人物，很多时候在面对公众时也要塑造人物。并非一切都是假象，你总是希望能够呈现出大家喜欢的那个你。可大家往往偏颇地认为，演员说的话不可信，"演戏"对于他们是一种习惯。玛丽莲·梦露曾说："我一辈子都在扮演玛丽莲·梦露，我一直都想把她做得更好，而结果我只不过扮演了我们自己的影子。"看到这段话的时候，我十分唏嘘。

　　演员的成功，是创作出好作品，是被观众接受和喜爱。在这一点上，歌手也是一样的，他需要谱写音乐，深情吟唱。最美好的场景不是登上多么华丽的舞台，而是能够得到听众的共鸣。不可否认，它们是一种需要回馈和被认可的职业。然而，太过重视聆听别人的话，便会忽略内心的声音。从而无法考究是从什么时候开始，一声声称赞，一声声谩骂，让我变得妥协圆融，渐渐丢掉了最初的自己，最终面目模糊。直到快乐离我渐行渐远，身心被疲惫重重包裹，才蓦然惊觉自己一路而来的努力，竟都是为人们口中的评价，为博得他人的认可与赞美。

环岛的时候，在垦丁海滩见到背着可乐瓶盖的寄居蟹，它不就是我的真实写照吗？不知不觉便给自己背上了厚厚的壳，努力去活成人们想要的模样。再时尚火红的外壳，终究不是自己的。真实的我，早已成了昨日的他。

我通过这一次环岛，重新审视自我，跳出来与自己对话，不再依靠他人的参与来印证自己的世界。这个方法的效果非常好，短短五天行程，给四十年不停劳作的心灵做了一场SPA，剥落厚茧，焕发新生。当下有句流行语："世界这么大，我想去看看。"我很赞同，人在旅途中能够暂停已经产生惯性的生活步伐，从而把背负在肩头的一切焦躁、烦恼抛诸脑后，重新整理自我，使本真的你得以回归。

找寻本真的自己，所得并非都是愉悦，随之而来的也许还有许多你不想碰触的回忆与伤疤。伤疤会痛，意味着并没有痊愈，让它透透气反而是一种好的疗养。四十岁左右的我们，正是社会的中坚力量，也是压力最大的人群。学会修行，让回忆变成当下的力量来源，方能更好地前行。

我很感谢命运，让我成为今天的自己。我不迷信任何宗教，但我相信今生遇见的所有挫折都是修行。不论前路有什么，都不要害怕。有时候，你越怕什么就越会遇见什么。如果能以释然、平常的心态去对待，那么你的姿态会越来越平和，从而变得从容淡定。

颈椎受伤前，我很喜欢拍古装打戏，尽管会累到筋疲力尽，但如果遇到好的武行，那犹如武林高手过招的快感能让人爽到无法形容。尽管伤愈后还是会找机会尝试，但毕竟再也回不到年轻时的酣畅淋漓。不过，身体年龄的限制，反而使我的内心变得无限了。我更愿意去尝试边缘的角色，更愿意去体验不同的经历。拍《永不褪色的家园》时，我第一次尝试农村题材。我开始还担心会有点不适应，结果却在满是星光的长汀山野里沉醉得不知归途。

余秋雨先生在《苏东坡突围》一文中说："成熟是一种明亮而不刺眼的光辉，一种圆润而不腻耳的音响，一种不需要对别人察言观色的从容，一种终于停

止向周围诉求的大气。"
诚然，人的生命格局一
大，就不会在琐碎妆饰上
沉陷。真正自信的人，总
能够简单得铿锵有力。

我热爱音乐，却因机
缘巧合做了演员。一路行
来，我怀着感恩的心，对
这个意外越来越深爱，日
复一日年复一年，演戏渐
渐已经成为融进血液里的
习惯。相信命运的安排就是最好的安排，人生在世也不过几十年，我们又何必
想不开呢？一旦认准了目标，就什么也不要多想，只需用尽所有力气向前，再
向前！

网上有个很感人的小段子，是关于机器猫哆啦A梦的：机器猫陪了大雄八十
年，在大雄临死前，他对机器猫说："我走之后你就回到属于你的地方吧！"机
器猫同意了。但当大雄死后，机器猫却用时光机回到了八十年前，它对小时候的
大雄说："大雄你好，我叫哆啦A梦。"

人生若只如初见，情感也好，事业也罢，如果累了，我们就回到第一天见面
的时候……

"不忘初心"，真正是世间最美好的情感。大雄死后哆啦A梦不愿离开，回
溯时光隧道找回初识时年幼的大雄，它愿意陪着这个小男孩重新再活一遍，陪着
他再一次经历磨难，慢慢成长。因为没有了大雄，它的世界也将不复完整。从某
种意义上来说，机器猫和大雄就像我们和年轻时的自己。

环岛寻人，我终于找到了最初的自己。那个充满了力量，勇敢拼命追梦的
少年。不仅是我，所有人心里都有一个少年。有一位家乡在包头的八十岁高龄老
人，历时二十四天，骑着摩托车抵达黄河入海口，圆了自己多年来的心愿。在电
视节目上接受采访时，他强调说自己不是老人，而是一个大龄青年。只要梦想不
息，就永远不会老。看着他兴奋的模样，面颊上的每条褶皱都在幸福地熠熠生

/ 回忆人生 /

寻找心里的那个少年

辉，由此我便知道，他已经找到心里的那个少年。

当走过光阴的我们，能够再度与那个少年重逢时，曾经被遗忘的单纯心境和滚烫理想，将被再次重拾，从而使我们汲取到更大的能量，实现人生道路上的第二次新生与启程。

前途永远是未知的，能确定的是当下的坚定。我对我的哈雷机车不算太好，常驾着它去冒险挑战；我对我自己这辆战车好像更不好，所以不得已也要修修补补。迈入四十，终能不惑。过去这些年，我用尽全力做了，试了，等待了，就对得起时光和梦想了，也就不会后悔了。

随着年岁与阅历的增长，人被磨炼到更敏锐的程度，做事就会更精准。如今落笔成书，自觉心境于平和中有坚韧，已经开始可以带着享受的心情来接纳娱乐圈的工作。

看来，接下来是时候驾着我的战车挺进人生的新层次了。

If you think you can, you can! 加油! man!

不论年华如何流转，

每个人心里都有一个少年。

张扬肆意，

莽撞天真，

不知疲倦，

奔跑在海阔天空里。

看倦了天涯苍茫、沧海桑田，

永远记得，

别丢了他，

因为他是你最真实柔软的灵魂，

是你所有快乐与梦想的来源……

（全书完）

番外篇　时光印记

LOOKING FOR THE BOY IN THE HEART

/ 新版《京华烟云》（2005 年 饰演 孔立夫）/

/ 新版《昨夜星辰》（2006 年 饰演 邱伟豪）/

/《少年嘉庆》（2006 年 饰演 嘉庆皇帝）/

/《大清后宫》（2006 年 饰演 安雪臣）/

/ 《爱情男女》（2007 年 饰演 莫文虎）/

/ 《东方霸主》（2008 年 饰演 高天雄）/

/ 《大唐游侠传》（2008 年 饰演 铁摩勒）/

/ 《母仪天下》（2009 年 饰演 萧育）//

/《对手》（2009 年 饰演 黄永青）/

/《新流星蝴蝶剑》（2010 年 饰演 律香川）/

/ 新版《三国》（2010 年 饰演 周瑜）/

/《新四军女兵》（2011 年 饰演 马靖平）/

寻找心里的那个少年

248

/《夺命心跳》（2011 年 饰演 马本科）/

/《单身女王》（2011 年 饰演 薛灿）/

/《大金脉》（2012 年 饰演 郭林）/

/《罗龙镇女人》（2014 年 饰演 海定远）/

/《待到山花烂漫时》（2014年 饰演 夏天）/

/《琅琊榜》（2015年 饰演 誉王）/

（京权）图字：01-2015-5854

图书在版编目（CIP）数据

寻找心里的那个少年 / 黄维德著 . — 北京：作家出版社，2016.3
ISBN 978-7-5063-8837-5

Ⅰ．①寻… Ⅱ．①黄… Ⅲ．①散文集 – 中国 – 当代 Ⅳ．① I267

中国版本图书馆 CIP 数据核字（2016）第 071457 号

寻找心里的那个少年

作　　者：黄维德
责任编辑：张　平
装帧设计：薛冰焰
出版发行：作家出版社
社　　址：北京农展馆南里 10 号　　　邮　　编：100125
电话传真：86-10-65930756（出版发行部）
　　　　　86-10-65004079（总编室）
　　　　　86-10-65015116（邮购部）
E-mail:zuojia@zuojia.net.cn
http://www.haozuojia.com（作家在线）
印　　刷：北京盛兰兄弟印刷装订有限公司
成品尺寸：170×240
字　　数：260 千
印　　张：16
版　　次：2016 年 5 月第 1 版
印　　次：2016 年 5 月第 1 次印刷
ISBN 978-7-5063-8837-5
定　　价：46.00 元